新制多益
必考單詞1000

新多益7次滿分王
TEX加藤—著

EZTALK

中文版推薦序

筆者教多益、雅思等英文證照考試十多年的經驗中，常常跟學生說：「**學英文就像是蓋房子一樣，文法是鋼筋結構，單字就像磚塊一樣，兩者缺一不可。**」準備多益也是如此，在文法基礎之上，加上充分的單字量，就能輕易戰勝多益。

背單字不是拿著紙筆一直狂寫 20 次，也不是只背零碎獨立的單字與中文定義。你是否遇過這樣的狀況？閱讀多益文章，即使許多單字都有背過，仍然無法理解句子。在**沒有前後文的情況下，即使看懂每一個字，還是看不懂整句話**。這樣的單字背誦方式跟讀金剛經沒有兩樣。而這本單詞書，將背誦單字定義提升到有意義且有效率的 **collocation「詞語搭配」**的層次，解決了大家背單字時常遇到的困境。

作者加藤在自序提到「**透過片語與慣用語，高效記住新制多益單字**」，以及書中所運用的「**短句學習法**」，皆與我上課時一直倡導的 collocation「詞語搭配」不謀而合。每個學生都背過 reimburse（補償、退款）和 travel expenses（旅費），卻不知道這兩組單字可以擺在一起，變成 reimburse travel expenses，指「退費」一意，而不是用中翻英說出詞不達意的 back money。這就是詞語搭配的價值所在。本書彙整多益必考的 collocation，讓考生熟悉並記住常見的多益英文表達，一來**降低應試時的緊張**，二來可以更有效**提昇閱讀速度與理解力**。

大家有沒有參加過馬拉松？要跑全馬絕非一蹴可幾，一定是從 5 公里、10 公里、半馬到全馬循序漸進地達成。準備多益也是如此。本書另一個值得稱許的特色，在於它將多益 1000 個單詞依多益分數分成 4 個階段，將多益滿分 990 分這個看似難以達成的目標，分成了漸進式的小目標，**降低多益滿分難度，提昇考生信心**。

作者加藤以自身考過共 80 多次的多益實戰經驗，不僅是單純列出重要單字，更是把「真正會考」的單字加以彙整與分類，精萃出多益才會考的「定義」。多益新制的 Part 7 閱讀測驗，新增讓考生容易誤解的一字多義詞題型，而本書也因應新制多益，整理出多益必考 **120 組慣用語**以及 **88 組多義詞**，絕對不是坊間許多單字書可比擬。相信考生們只要好好跟隨本書的腳步，必定能在新制多益中得到亮眼的成績。

各大企業指定多益名師
Patrick **蕭志億**（派老師）

本書撰寫原則是「**透過片語與慣用語，高效記住新制多益 new TOEIC 單字**」。市面上多數單字書習慣先列出單字，接著提供所有片語及用法，但本書改以先提供新制多益中會出現的慣用語或片語，先讓讀者熟悉多益考題中的語句，協助讀者降低考試焦慮感，進而高效記憶單字。

此外，本書內容參考了新制多益官方教材，並根據我自己參加超過 80 次的多益、7 次新制多益應試（皆拿下 990 分）的經驗與心得撰寫而成。撰寫本書時，我特別重視所選單字與用法是否能反應實際新制多益考題。因此，每次考完多益之後，我習慣馬上記下考試中出現的單字、片語，與答案相關的慣用語句。隨著每次應試，我會確認每個單字會以何種定義與方式出現在哪裡，將內容去蕪存菁、不斷更新。因此，我可以肯定的說，本書內容可說是 **100% 反應實際新制多益考題方向**，沒有多餘無關的補充，能幫助你在短時間以高效率的方式奪下更好的新制多益成績！

Tex 加藤

Contents

本書特色

🔍 首創「短句學習法」，搭配填空學習更深入

本書首創「多益短句」學習法，精選多益必考的短句與慣用語，**背單字不如背常見的短句表達！** 為培養新制多益要求的「靈活運用單字」的能力，短句以填空方式呈現，激發讀者主動思考單字，加深記憶。

如果你的程度很好，可思考解答以外的答案，如此就能培養新制多益要求的「廣泛運用基本商用單字」的能力。

🔍 100% 符合新制多益

本書參考官方教材與多本市面上的新制多益教材，加上作者參加超過 80 次多益考試、新制多益 7 次皆拿下滿分的實戰經驗，內容絕對「**100%符合新制多益**」。

🔍 精華收錄「必考」精華，讓你短時間高效應試

本書適合想「**短時間高效準備新制多益考試**」的讀者，作者根據考過 90 次以上的多益經驗，將多益不考的冷門定義與用法刪去，只保留多益必考重點，幫助你用最短的時間奪下多益高分。

🔍 根據自身程度與目標，自訂學習階段

本書精選出新制多益必考 1000 單，並根據**出現頻率**與**難易度**分成 600 分、730 分、860 分與 990 分，不管你是多益新手，還是要挑戰黃金證書，這本書都能滿足你。

針對多益改制，補充一字多義詞與慣用語

新制多益實施之後，一字多義詞與慣用語在 Part 7 閱讀有增加趨勢，書中貼心整理 **88 個多義詞**與**常見慣用語 120 個**，讓讀者做好應試準備。

五感並用，聽之前開口念，提昇記憶力與口語能力

在聆聽音檔之前，可**先嘗試開口念出短句**，而不要只是依賴音檔，將你的五感活用到極限，如此不但可有效記憶單字，還可加強口語能力。

CD + QR Code 與書後索引整理，滿足各類型讀者

本書提供美英口音，並有兩種聆聽方式，你可以直接**播放 CD**，也能掃描書中的 **QR Code**，方便各種使用需求。本書所有單字、衍生詞與相似詞，也依 **A-Z 順序整理成索引**，方便各種學習類型的讀者使用本書。

新制多益改制重點

TOEIC L & R TEST 考試介紹

TOEIC 聽力與閱讀測驗分成七大部分，**Part 1-4 為聽力部分**，共 200 題，作答時間 45 分鐘。**Part 5-7 為閱讀部分**，共 200 題，作答時間 75 分鐘。聽力部分配分 495 分，閱讀配分 495 分，總分為 990 分。

多益新舊制考試比較

	Part	內容	舊制題數	新制題數	備註
聽力	1	照片敘述	10	6	
	2	應答問題	30	25	
	3	簡短對話	30	39	新增〈三人對話〉、〈5 句以上對話〉、〈理解意圖〉
	4	簡短獨白	30	30	新增〈理解圖表〉、〈理解意圖〉
閱讀	5	句子填空	40	30	
	6	段落填空	12	16	新增〈選出符合上下文的句子〉
	7	單篇閱讀	28	29	新增〈線上聊天閱讀〉、〈理解意圖〉、〈插入句子〉、〈三篇閱讀〉
		雙篇閱讀	20	10	
		三篇閱讀	0	15	

臺灣自 2018 年 3 月起，實施 New TOEIC 新制多益，新制總題數與考試時間雖然不變，但各部分的題型與題數皆有調整，簡單的題型如 Part 1-2、Part 5 題數減少，並新增許多新題型，如〈理解圖表問題〉、〈文章脈絡問題〉、〈三篇閱讀〉等，整體上難度增加。

🔍 新制多益準備方向

重點 1

聽力對話長度增加，閱讀題目也新增〈三人對話〉，在作答時間不變但難度增加的狀況下，需要縮短既有題型作答時間，爭取更多時間給新題型。因此，背誦單字時，建議**將常同時出現的詞組一起熟記**，取代背誦單獨的單字。本書所有單字皆以**多益常見的短句、慣用語**呈現，可以直接背誦，加速作答速度，將更多時間留給較難的題型。

重點 2

聽力與閱讀部分出現大量〈換句話說〉的題型，也就是在問題或選項改用其他意思相近的單字或短句換個方式表現。因此，背誦單字時，需**加強相似詞**與**換句話說**的能力，本書補充大量多益常考相似詞與常見的多益替代說法，加強單字與單字間的連結。

重點 3

聽力與閱讀部分皆新增〈理解意圖〉、〈插入句子〉、〈選出符合上下文的句子〉這類需要先理解文章前後脈絡的題型。文章脈絡的關鍵就是連接詞。因此，本書在〈補充 4〉整理出多益常見的**連接詞**與**連接副詞**，請務必熟記。

本書使用說明

左

單字編號

008

情境式短句（單字填空）

Who most |------ is the woman?

女子有可能是誰？

例句中譯

右

單字

音標

likely

[ˈlaɪklɪ]

(adv.) 很有可能 (a.) 有可能的

問句中出現 **most likely**「很有可能」一詞，表示須選出「根據對話或內容，雖不是百分百但可能性最高的選項」。

詞性與定義

解說與單字相關補充

- ## 本書記號說明

  衍 相關衍生詞　　　　似 意思上相似的詞

  同 同義詞　　　　　　反 反義詞

  關 相關單詞或表達　　例 範例短句或例句

- ## 遮色片使用說明

  用隨書附上的藍色遮色片遮住書中的藍色單字，單字就會消失，能用來進行短句填空，也能有效複習單字，達到主動學習效果。

- ## 聆聽音檔方式

  本書提供兩種方式：書後 mp3 光碟與 QR code 掃描。用手機對準每頁右下角出現的 QR Code，就會出現單字與短句音檔，可直接播放或下載。

出發吧！

Level 1

前進600分

暖身

400單

001

Let's try a------.

總之試試看吧。

002

F------ the speech, we had dinner.

演講之後，我們吃了晚餐。

003

Please r------ <u>to</u> the map.

請參考地圖。

004

Tickets are a------ online.

票券可在線上購買。

005

the sales d------

營業部

006

a large c------ room

寬敞的會議室

007

a------ <u>to</u> the e-mail

根據電子郵件

008

Who most l------ is the woman?

女子有可能是誰？

009

What does the man o------ <u>to</u> do?

男子提議做什麼呢？

010

new office e------

新的辦公室設備

anyway [ˈɛnɪˌwe] (adv.) 無論如何、總之	anyway 之後不加 s，雖然有些美國人會講 anyways，但這是不正確的拼寫。
following [ˈfɑloɪŋ] (prep.) 在…之後 (a.) 接下來的	當形容詞指「接下來的、以下的」，常出現在 Part 3、4；6、7。介系詞的用法也很重要。 圆 follow (v.) 跟隨 囫 be followed by... 接著是…
refer [rɪˈfɝ] (v.) 參考；提及；推薦	常當「提及」與「推薦」之意。 囫 Refer a friend and get paid. 推薦好友拿酬金。 圆 referral (n.) 轉介 囫 customer-referral program 顧客推薦優惠方案
available [əˈveləbl] (a.) 可購買的、可取得的	當「（某人）有空的」也很常考。 囫 He is not available right now. 他現在沒空。 圆 availability (n.) 可得性 圆 unavailable (a.) 無法利用的；沒空的
department [dɪˈpɑrtmənt] (n.) 部門；賣場	當「賣場」的意思也很常考。 囫 the toy department 玩具賣場 圆 division (n.) 部門 囫 a department store 百貨公司
conference [ˈkɑnfərəns] (n.) 會議	圆 convention (n.) 同組織或同業集會 囫 conference call 電話會議 囫 teleconference (n.) 遠端會議
according to [əˈkɔrdɪŋ tu] (prep.) 根據、按照	聽力閱讀部分的問句常出現本例句。當「根據（規則）」的意思也很重要。 囫 according to plan 依照計畫
likely [ˈlaɪklɪ] (adv.) 很有可能 (a.) 有可能的	問句中出現 most likely「很有可能」一詞，表示須選出「根據對話或內容，雖不是百分百但可能性最高的選項」。
offer [ˈɔfə] (v.)/(n.) 提供	後面接不定詞 to，當授與動詞的用法請記住。 囫 We offer him a job. 我們給他一份工作。 圆 offering (n.) 提供物 囫 course offerings 課程內容
equipment [ɪˈkwɪpmənt] (n.) 設備、裝備	常出現在 Part 1 照片描述。 囫 A man is repairing some office equipment. 男子正在修理辦公室設備。

001

011

Please p------ **me <u>with</u> your e-mail address.**

請提供你的電子郵件地址。

012

l------ **businesses**

在地企業

013

p------ **tickets**

購買票券

014

a job o------

職缺

015

c------ **project**

建設案

016

while t------ing **the factory**

參訪工廠時

017

market r------

市場調查

018

a------ **a meeting**

出席會議

019

change a d------ **date**

更改送貨日

020

I r------ **bought a printer.**

我最近買了臺印表機。

provide [prə`vaɪd] (v.) 提供	「提供 B 給 A」可以用 provide A with B 或 provide B for/to A，兩個句型都非常重要。 ᷁ provider (n.) 提供者
local [`lokəl] (a.) 在地的 (n.) 在地人	注意，local 意思不是「鄉下的」。 ᷁ locally (adv.) 在當地 ᷁ locally grown vegetables 當地栽種的蔬菜 ᷁ a local train 區間車
purchase [`pɝtʃəs] (v.) 購買 (n.) 購買物；購買行為	當名詞有可數與不可數兩種用法，當「購買物」或「個別購買」是可數，當「購買行為」是不可數。 ᷁ make a purchase 購物 at the time of purchase 購物期間
opening [`opənɪŋ] (n.) 職缺；開店	當「開業、開店」也很常考。 ᷁ the grand opening 盛大開幕 ᷁ vacancy (n.) 空缺 ᷁ an open position 職缺
construction [kən`strʌkʃən] (n.) 建設	本字常與其他名詞組成複合短詞。 ᷁ construction site 施工地點 ᷁ construct (v.) 建設 ᷁ under construction 施工中
tour [tʊr] (v.)/(n.) 參訪；旅行	多益文法題常考 wh 疑問詞後省略〈主詞 + be 動詞〉的用法，分辨 while 與 when 的不同。 ᷁ While (I was) eating dinner, I saw Tim. 我吃晚餐的時候看到提姆。
research [ɪ`ʒ.ɛ.ʒ.rɪ] (v.) [`risɝtʃ] / (v.) [rɪ`sɝtʃ] (n.) (n.)/(v.) 研究、調查	᷁ study (n.)/(v.) 研究、調查 研究一般既有事物用 study，研究新的事物用 research。 ᷁ researcher (n.) 調查員、研究員
attend [ə`tɛnd] (v.) 出席、參加	當「出席」是及物動詞，直接加受詞。片語 attend to 「照顧」也請記住，᷁ attend to the needs 照顧需求 ᷁ attendance (n.) 出席（人數） ᷁ attendee (n.) 出席者
delivery [dɪ`lɪvərɪ] (n.) 送貨；貨物	TOEIC 的考題中時常出現各種送貨疏失，如商品缺損、尺寸不合、送錯、漏送，以及延誤寄送等。 ※ 動詞 deliver 請見多義詞 p. 247。
recently [`risntlɪ] (adv.) 最近	recently 是「不久前」的意思，常與過去式與現在完成式連用，不與現在式與現在進行式連用，這是時態題最常考的問題。 ᷁ recent (a.) 最近的

᷁002

021

What is i------d about Mr. Kato?

關於加藤先生的事情何者有提及？

022

an e------ of a hotel

飯店的員工

023

request a------ staff

請求增加人力

024

a customer s-------

顧客問卷調查

025

r------- a report

審查報告

026

the p------ area

生產地區

027

conveniently l------ near a subway station

位於地鐵附近的便利地點

028

d------s of a plan

計畫的細節

029

a------ the winners

宣布得獎者

030

a computer r------ shop

電腦維修站

indicate [ˈɪndɪˌket] (v.) 提及	常出現在 Part 7 閱讀。後接子句的用法也很重要。 (關) indicator (n.) 指標 indicative (a.) 象徵的、參考的
employee [ˌɛmplɔɪˈi ; ɪmˈplɔɪi] (n.) 員工	(衍) employ (v.)/(n.) 雇用 (關) employer (n.) 雇主 employment (n.) 雇用 (關) in the employ of X 受雇於 X
additional [əˈdɪʃən!] (a.) 額外的	(衍) add (v.) 追加。additionally (adv.) 此外 addition (n.) 增加。addictive (n.) 添加物 (關) in addition to X 除了 X 之外還有 in addition 此外
survey [nɔˈsɝˌve] / (v.) [səˈve] (n.) 問卷調查 (v.) 實施問卷調查	survey 是「問卷調查」，study 與 research 則是 「研究調查」。
review [rɪˈvju] (v.)/(n.) 審查；評論	源自於「重複（re）看（view）」。名詞用法也常考。 (例) book review 書評 (關) reviewer (n.) 評論者
production [prəˈdʌkʃən] (n.) 生產；作品	當「作品」也很常考。 (例) a theater production 戲劇作品 (關) producer (n.) 生產者；製作人 ※ 動詞 produce 請見多義詞 p. 261。
located [ˈloketɪd ; loˈketɪd] (a.) 位於…的	反義用法 inconveniently located「位於不便處」也 考過。 (衍) location (n.) 場所、位置 (例) convenient location 便利的位置
detail [ˈditel] (n.) 細節 (v.) 詳述	動詞用法也會考。 (例) detail the procedure 詳述步驟 (衍) detailed (a.) 詳細的、鉅細靡遺的 (關) in detail 詳盡地
announce [əˈnauns] (v.) 宣布、發表	後面也可接子句，請熟記。 (衍) announcement (n.) 宣布、通知
repair [rɪˈpɛr] (n.)/(v.) 修理	TOEIC 考題中出現的機器常常故障，修理的店家常忙 得不可開交。Part 1 照片描述常考動詞用法。 (例) A man is repairing a machine. 男子在修理機器。

🎧003

031

an i------- in sales

銷售額增加

032

What is NOT i-------d in the form?

表格中沒有包含什麼？

033

The item is c------- out of stock.

該品項現在缺貨。

034

an a------- campaign

宣傳活動

035

We c------- $50 for the service.

該服務我們將收取 50 美元。

036

Mr. Kato is e-------ed to arrive tomorrow.

加藤先生預計明天抵達。

037

a family-owned f-------

家族公司

038

visit a c-------

拜訪客戶

039

f------- support from the government

來自政府的財務支援

040

an a------- report

年度報告

increase (n.) ['ɪnkris] / (v.) [ɪn'kris] (n.)/(v.) 增加	例 Sales increased by 10% in April. 4 月銷售增加 10%。 衍 increasing (a.) 增加的 increasingly (adv.) 愈來愈… 反 decrease (n.)/(v.) 減少 似 surge (n.)/(v.) 激增
include [ɪn'klud] (v.) 包含	介系詞 including「包括」也常考。 例 open every day including Sunday 含週日每天營業 反 exclude (v.) 不包括 關 excluding (prep.) 除…之外
currently ['kɝəntlɪ] (adv.) 現在	慣用語 out of stock「缺貨、無庫存」在聽力部分常出現。形容詞 current「現在的」常考。 例 current members 現有會員
advertising ['ædvɚˌtaɪzɪŋ] (n.) 廣告（業）；宣傳活動	衍 advertise (v.) 宣傳、打廣告 關 advertisement (n.) 廣告；宣傳 關 advertising agency 廣告公司 advertiser (n.) 刊登廣告者
charge ['tʃɑrdʒ] (v.) 請求支付 (n.) 費用；責任	名詞用法也很重要。 例 an extra charge 追加費用。in charge of X 負責 X 關 sum (n.) 總金額 例 a large sum of money 一大筆金錢
expect [ɪk'spɛkt] (v.) 期望；預計	be expected to（= should）「應該…」。句型 expect X to do「預計 X 做…」、expect that〈子句〉 也很常考。 衍 expectation (n.) 期待 似 be slated to do 預計做…
firm ['fɝm] (n.) 公司、事務所	關 law firm 法律事務所 accounting firm 會計事務所 architectural firm 建築師事務所 construction firm 建設公司
client ['klaɪənt] (n.)（尋求建議服務的）客戶	相似詞有：customer「（店面的）客人、顧客」、 consumer「消費者」、guest「受邀賓客、住宿房客」、visitor「訪客」、tourist「觀光客」。
financial [faɪ'nænʃəl] (a.) 財務的、金融的	衍 finance (n.) 財務 financially (adv.) 金錢上、財務上 似 monetary (a.) 貨幣的、金融的
annual ['ænjuəl] (a.) 每年一次的、每年例行的	annual report 指公司一整年的財務或活動報告。 衍 annually (adv.) 每年一次 例 The conference is held annually. 會議每年舉行。 關 semi-annual (a.) 半年一次、每年兩次的

🎧004

041

make an online p-------
進行線上支付

042

this year's b-------
今年預算

043

fill out an a-------
填寫申請書

044

before signing a c-------
簽署合約之前

045

a m------- seminar
經營研討會

046

an employee's p-------
員工的表現

047

We are p------- with the final result.
我們對最終結果相當滿意。

048

c------- a payment
確認付款

049

a-------s ceremony
頒獎典禮

050

a c------- store
服裝店

payment [ˈpemənt] (n.) 付款、款項	TOEIC 的考題中，無紙化蔚為風潮，常出現線上付款相關題目。 圖 pay (v.) 付款
budget [ˈbʌdʒɪt] (n.) 預算 (v.) 把…編入預算	當形容詞也有「價格低廉的」的意思。 例 a budget hotel 價格低廉的飯店 片 on a budget 預算有限的
application [ˌæpləˈkeʃən] (n.) 申請書、申請	動詞片語 fill out「填寫（文件表格）」很常考。 圖 applicant (n.) 申請者 　　applicable (a.) 可應用的；合適的 ※ 動詞 apply 請見多義詞 p. 242。
contract [ˈkɑntrækt] (n.) 合約（書）	圖 contractual (a.) 合約（有關）的 　　contractually (adv.) 依照合約、依約 關 contractor (n.) 承包方、訂約人 似 deal (n.) 交易、協議
management [ˈmænɪdʒmənt] (n.) 經營管理；管理層、資方	當「管理層」和「管理」也會考。 例 under new management 換人經營、在新管理階層之下。project management 專案管理 ※ 動詞 manage 請見多義詞 p. 255。
performance [pɚˈfɔrməns] (n.) 業績、績效；性能；表演	當「表演」也很常考。 例 an evening performance 下午的表演 圖 perform (v.) 執行；表演
pleased [ˈplizd] (a.) 滿意的；高興的	句型 be pleased with X「對 X 感到滿意」與 be pleased to do「很高興能…」請熟記。 圖 pleasure (n.) 愉悅 關 pleasant (a.) 令人愉快的、宜人的
confirm [kənˈfɝm] (v.) 確認	後面也可接子句。 圖 confirmation (n.) 確認 例 order confirmation number 訂單確認編號
award [əˈwɔrd] (n.) 獎項 (v.) 授予	動詞用法也很常考。 例 Ed was awarded a prize. 艾德獲頒獎項。 關 award-winning (a.) 獲獎的 例 an award-winning author 獲獎作者
clothing [ˈkloðɪŋ] (n.) 衣服	不可數名詞，泛指「所有衣物」。 似 cloth (n.) 布 　　clothes (n.) 衣服，常用複數 　　garment (n.) 一件衣服，為可數名詞

∩005

051

products on d-------

展示中的產品

052

a successful c-------

獲勝的候選人

053

What is s------d **about the hotel?**

關於飯店以下何者有被提及？

054

a museum e-------

博物館的展示品

055

a Q&A s-------

問答時間

056

Please n------- <u>that</u> **prices may change.**

請注意價格可能異動。

057

p------- **an order**

處理訂單

058

Please read all the i-------s.

請完整閱讀說明書。

059

sign up for m-------

註冊會員

060

a travel a-------

旅行社

display [dɪsˋple] (n.)/(v.) 展示	動詞用法在 **Part 1** 照片描述很常出現。 例 Some items are being displayed outside. 部分商品在戶外展示。
candidate [ˋkændədet] (n.) 候選人；申請人	似 applicant (n.) 申請人
state [stet] (v.) 陳述、說明	本問句常出現在多益問句。 例 a stated requirement 明訂的要求 ※ 名詞 statement 請見多義詞 p. 267。
exhibit [ɪgˋzɪbɪt] (n.) 展示品；展示會 (v.) 展示	動詞用法也會考。 例 exhibit paintings 展示畫作 同 exhibition (n.) 展示品；展示會；展示 關 exhibitor (n.) 參展者
session [ˋsɛʃən] (n.) 一段時間；集會	指「活動舉辦期間」或「為活動所舉辦的集會」。 例 brainstorming session 腦力激盪時間
note [not] (v.) 注意；註釋 (n.) 便條	在 **Part 7** 閱讀題型多當「注意」的意思，後方接的子句內容常是答題線索。當「註釋」的意思也很常考。
process [ˋprɑsɛs；ˋprosɛs] (v.) 處理 (n.) 過程；處理	名詞用法也常考。 例 the manufacturing process 製造過程 關 processing (n.) 加工
instruction [ɪnsˋtrʌkʃn̩] (n.) 說明（書）、指南	衍 instruct (v.) 指示 關 instructor (n.) 講師、教練 似 tutorial (n.) 個別指導；指南書
membership [ˋmɛmbɚˏʃɪp] (n.) 會員身分或資格；會員人數	常出現在更新會員資格或招募會員的考題中。也有「會員人數」的意思。 例 increase membership 增加會員人數
agency [ˋedʒənsɪ] (n.) 代理處；機關	關 travel agent 旅行業者 advertising agency 廣告公司 employment agency 人力仲介、人力派遣公司

061

a Seattle-b------- company

總部位於西雅圖的公司

062

a research f-------

研究設施

063

a------- notice

事前通知

064

join a c-------

加入委員會

065

The event was s-------.

活動很成功。

066

e------- service

出色的服務

067

the fashion i-------

時尚界

068

pay a late f-------

繳納逾期滯納金

069

a------- an offer

同意報價

070

prepare for an u------- event

準備即將來臨的活動

based [best] (a.) 作為基地的、基礎的	本句等於 a company based in Seattle。Part 7 閱讀若出現此句，可得知這間公司的總部位於西雅圖。 閞 based on 以…為根據 例 based on a survey 根據問卷調查
facility [fəˋsɪlətɪ] (n.) 設施	常與其他名詞一起出現，指「…設施」，須留意。 例 a production facility 生產設施 　　a practice facility 練習設施
advance [ədˋvæns] (a.) 事先的 (n.) 進步、前進	片語 in advance「預先」最常考，也出現過「進步」的意思。 例 make advances in technology 科技方面有進步 閞 advance copy 出版前的樣書或文章
committee [kəˋmɪtɪ] (n.) 委員會	TOEIC 的考題中，任何芝麻小事都能成立委員會。
successful [səkˋsɛsfəl] (a.) 成功的	Part 5 文法題常考衍生詞。 衍 succeed (v.) 成功 　　success (n.) 成功 　　successfully (adv.) 順利地
excellent [ˋɛksələnt] (a.) 出色的	相似詞有 fine「品質佳的」、terrific「非常好的」、exceptional「卓越的」、superior「優秀的」、outstanding「傑出的」。 衍 excellence (n.) 優秀
industry [ˋɪndʌstrɪ] (n.) 工業；業界	在多益更常當「業界」的意思。 衍 industrial (a.) 工業的 例 industrial waste 工業廢料
fee [fi] (n.) 費用	指「付給律師等專業人士的費用」或「會費、入場費」等加入組織的費用，也指「付給特定團體的費用」，如 entrance fee「會費」、registration fee「學費」。
accept [əkˋsɛpt] (v.) 同意、接受	衍 acceptable (a.) 可接受的、在容許範圍的 例 an acceptable form of identification 可接受的身分證明 衍 acceptance (n.) 接受、錄取 例 an acceptance letter 錄取通知
upcoming [ˋʌpˌkʌmɪŋ] (a.) 即將來臨的	upcoming 指「在不久將來會發生的事」，Part 5-6 的時態題中，這個字常是答題線索。 似 forthcoming (a.) 即將來臨的

🎧007

071

Haruki Murakami's l------ novel

村上春樹的最新小說

072

s------- a report

交報告

073

use public t------

使用大眾運輸工具

074

send a r------

寄送履歷表

075

a company e------

公司領導階層

076

i------ a new line of products

引進新產品線

077

have no p------ experience

沒有過往經驗

078

review a p------

檢閱提案

079

office s------s

辦公用品

080

My résumé is e------d.

附上我的履歷表。

latest [ˈletɪst] (a.) 最新的	關 **at the latest** 最晚、最遲 　 **the latest** 最新消息
submit [səbˈmɪt] (v.) 提交	在聽力和閱讀部分都很常考。 衍 **submission** (n.) 提交、提交物 似 **file**、**turn in**、**hand in** (v.) 遞交
transportation [trænspɚˈteʃən] (n.) 運輸工具	似 **transport** (v.)/(n.) 運輸
résumé [ˈrɛzjʊme] (n.) 履歷表	此單字源自法語，é 上面的點為法語的重音標記符號。在英式英語裡，履歷表經常使用拉丁語的 CV（curriculum vitae）稱之。多益則常使用 résumé。
executive [ɪgˈzɛkjʊtɪv] (n.) 領導階層 (a.) 決策的、高層的	指「公司或組織內執行重要決策的人」，當中權力最大者為 CEO（Chief Executive Officer）「總裁」。
introduce [ɪntrəˈdjus] (v.) 引進；介紹	當「介紹」的意思也會考。 例 **Let me introduce Mr. Kim.** 　 我來為大家介紹金先生。 衍 **introduction** (n.) 介紹；引進
previous [ˈprivɪəs] (a.) 先前的	此單字與副詞 previously「以前」在文法題常考。 似 **preceding** (a.) 在先的、前面的 例 **the preceding year** 前一年
proposal [prəˈpozl] (n.) 提案	衍 **propose** (v.) 提出提案 例 **propose a budget** 提出預算案
supply 答：supplies [səˈplaɪ] (n.) 必需品 (v.) 供應	指辦公室的必要用品，多益常見單字，常用複數。當動詞「供給」也很常考。 關 **supplier** (n.) 供應商
enclose [ɪnˈkloz] (v.) 附入；圍住	本句也可以寫成 Enclosed is my résumé. 如果是寄電子郵件，則用 attach「附上」。 例 **I have attached my résumé.** 已附上履歷。 衍 **enclosure** (n.) 附件

∩008

081

returns p------
退貨政策

082

r------ **for employee training**
報名參加員工訓練

083

a------ **a meeting**
安排會議

084

received a b------
收到帳單

085

h------ **an assistant**
聘請助理

086

a------ **a plan**
批准計畫

087

c------ **a survey**
實施問卷調查

088

an o------ **to work with you**
有機會與你共事

089

the d------ **for the project**
專案截止時間

090

a c------ **trainer**
企業培訓師

policy [ˈpɑləsɪ] (n.) 政策、方針	return 在多益中常做動詞「歸還、返回」之意，也常當「(v.) 退貨、(n.) 退貨物」。相關單字 exchange「交換」、replacement「換貨」、refund「退款」也是必考。
register [ˈrɛdʒɪstɚ] (v.) 登記、報名 (n.) 收銀機	會出現在多益文法題。當「登記」時需與介系詞 for 連用。 圆 registration (n.) 登記 圆 sign up for 報名參加
arrange [əˈrendʒ] (v.) 安排；整理、排列	常考後面接for的句型。在 Part 1 常做「排列」之意。 囫 arrange for you to meet Sam 安排你和山姆見面 They're arranging some chairs. 他們在排椅子。 圆 arrangement (n.) 安排；布置陳列
bill [bɪl] (n.) 帳單 (v.) 開立帳單	動詞用法也會考。 囫 Bill me later. 待會幫我結帳。 圆 invoice (n.) 請款單、發貨單
hire [haɪr] (v.) 僱用	在 TOEIC 考題中出現的助理條件相當嚴苛，如「要大學畢業、電腦技能佳、3 年以上實務經驗、具備良好溝通能力」。
approve [əˈpruv] (v.) 批准、贊成	名詞 approval 也常考。 囫 request approval 請求批准 圆 approved (a.) 批准的、通過的 囫 an approved plan 通過的計畫
conduct [kənˈdʌkt] (v.) 執行、實施	問 100 位多益達人空白處應填入哪個單字，九成以上會回答 conduct，可見這是個超常見的慣用語。
opportunity [ˌɑpɚˈtjunətɪ] (n.) 機會、良機	囵 chance (n.) 機會、可能性
deadline [ˈdɛdˌlaɪn] (n.) 截止時間、期限	deadline 原指防止獄囚越獄而設下的「死線」，如果跨越就會遭到射殺。
corporate [ˈkɔrpɚrɪt] (a.) 企業的、法人的	「企業培訓師」是指對企業員工進行知識或技能訓練的人。 圆 corporation (n.) 企業

🎧009

091

a three-year w------
3 年保固

092

n------ **forms**
必填表格

093

r------ **a room at a hotel**
預約飯店房間

094

local r------**s**
當地居民

095

c------ **a new logo**
設計新的商標

096

We are happy to i------ **you** <u>that</u>
我們很高興通知您

097

a------ **customers** <u>to</u> **pay online**
允許顧客線上支付

098

What problem does the man m------**?**
男子提到什麼問題？

099

I really a------ **your help.**
真的很感激您的協助。

100

r------ **parts**
更換用零件

warranty [ˈwɔrəntɪ] (n.) 保固（卡）	關 **under warranty** 保固期內 似 **guarantee** (n.) 保證、保證書；(v.) 保證
necessary [ˈnɛsə͵sɛrɪ] (a.) 必要的	衍 **necessity** (n.) 必需品 **necessitate** (v.) 迫使 **necessarily** (adv.) 必定；（與 not 連用時）不一定 例 **not necessarily mean** 不見得表示…
reserve [rɪˈzɜv] (v.) 預約、保留 (n.) 儲備、備用	原意是「事先放到後面」。句型 reserve the right to *do*「保留執行…的權利」熟記。 似 **book** (v.) 預約 ※ 名詞 reservation 請見多義詞 **p. 264**。
resident [ˈrɛzədnt] (n.) 居民	衍 **reside** (v.) 居住。**residential** (a.) 住宅的 例 **residential area** 住宅區 關 **residence** (n.) 居住 似 **inhabitant** (n.) 居民
create [krɪˈet] (v.) 創造、發明	及物動詞，主動用法要接受詞。衍生詞也很常考。 衍 **creative** (a.) 有創造力的 **creatively** (adv.) 有創造性地 **creativity** (n.) 創意。**creation** (n.) 創作（品）
inform [ɪnˈfɔrm] (v.) 通知；影響	人當受詞的句型很重要：inform〈人〉that〈子句〉、inform〈人〉of/about X「通知某人有關 X 的事」。當「影響（= influence）」的用法也考過，請熟記。
allow [əˈlaʊ] (v.) 允許	常出現在文法題。句型 S allow X to *do*「S 允許 X做…；多虧 S，X 才能…」很重要。 似 **tolerate** (v.) 容許、容忍
mention [ˈmɛnʃən] (v.) 說、提到 (n.) 提及	常出現在多益聽力的問句。 似 **state** (v.) 陳述 **cite** (v.) 引用、引…為例
appreciate [əˈpriʃɪ͵et] (v.) 感激	衍 **appreciation** (n.) 感激 **appreciative** (a.) 感謝的；有鑑賞力的 例 **I am appreciative of your help.** 感謝您的協助。
replacement [rɪˈplesmənt] (n.) 更換；替代品；接替者	指「找其他物品或他人放入位置中（place）」。當「代理者」也會考。 例 **find a replacement for Kevin** 尋找凱文的接替者 ※ 動詞 replace 請見多義詞 **p. 263**。

🎧010

101

traffic u-------

最新交通資訊

102

open a new b-------

新分店開幕

103

p------- **leave**

有薪假

104

U-------, **there are some problems.**

遺憾地，有幾個問題。

105

in o------- **condition**

處於原始狀態

106

a r------- **increase**

房租漲價

107

write a m-------

撰寫備忘錄

108

shop for l-------

買行李箱

109

a newspaper e-------

報社編輯

110

an art e-------

美術展

update (n.) [ˈʌpdet] / (v.) [ʌpˈdet] (n.) 最新資訊 (v.) 更新	為可數名詞。動詞用法也會考。 例 update the website 更新網站 關 updated version 最新版本
branch [bræntʃ] (n.) 分店、分行	也可以説 branch office。 關 branch manager 分店長
paid [ped] (a.) 支薪的；付清的	TOEIC 考題中出現的公司福利都很健全，因此 paid 這個單字經常出現。 例 paid vacation/holidays 有薪假
unfortunately [ʌnˈfɔrtʃənɪtlɪ] (adv.) 不幸地、遺憾地	多益常考，指「我真的不希望如此，但…」的心情。 反 fortunately (adv.) 幸運地 關 fortunate (a.) 幸運的 例 We are fortunate to have you. 公司真幸運有你。
original [əˈrɪdʒən] (a.) 原始的 (n.) 原版、原件	當形容詞「原創的」也會考。 例 an original work 原著 衍 originally (adv.) 原來、起初 originality (n.) 獨創性
rent [rɛnt] (n.) 房租 (v.) 出租	例 rent an apartment 租公寓 rent out rooms to students 出租學生房間 關 rental (n.) 出租、租金；(a.) 租賃的 renter (n.) 承租人
memo [ˈmɛmo] (n.) 備忘錄	memorandum 的縮寫，指公司內部文書或通訊往 來。中文的「memo」用法比較像英語的 note。
luggage [ˈlʌgɪdʒ] (n.) 行李（箱、袋）	不可數名詞，指旅行或出差時攜帶的包包或手提箱。 同 baggage (n.) 行李（箱、袋） 關 check-in/checked luggage 託運行李 carry-on luggage 登機行李
editor [ˈɛdɪtɚ] (n.) 編輯	衍 edit (v.)/(n.) 編輯、校對 例 edit a catalog 編輯型錄 衍 editorial (a.) 編輯的；(n.) 社論
exhibition [ˌɛksəˈbɪʃən] (n.) 展覽、展示；展品	「美術展」也可説 an art exhibit。 似 exposition (n.) 展覽會 關 trade fair 展銷會 retrospective (n.) 回顧展

🎧011

111

a l------- company

一流企業

112

lead an o-------

領導組織

113

r------- a new album

發售新專輯

114

for a l------- time

限時

115

a normal p-------

正常步驟

116

an e------- engineer

經驗豐富的工程師

117

all company p-------

全體公司員工

118

the a------- of a popular book

暢銷書的作者

119

employee b-------s

員工福利

120

f------- **on** one point

集中於一點

leading [ˈlidɪŋ] (a.) 頂級的、一流的	文法題常考，有「領導他人」的含意。 例 a leading supplier 頂尖供應商 似 foremost (a.) 最佳的 top (a.) 頂尖的
organization [ˌɔrgənɪˈzeʃən ; ˌɔrgənaɪˈzeʃən] (n.) 組織、企業團體	衍 organizational (a.)（有）組織的 organize (v.) 組織、籌劃 關 organized (a.) 有組織的、有系統的 reorganization (n.) 組織重整
release [rɪˈliz] (v.) 發售、發布 (n.) 發售	動詞用法「發布（資訊）」也會考。 例 release the sales figures 公開營業額 關 press release 新聞稿
limited [ˈlɪmɪtɪd] (a.) 有限的	衍 limit (v.) 限制；(n.) 限制、界線 例 within city limits 在市內 反 unlimited (a.) 無限制的 關 indefinitely (adv.) 無限地
procedure [prəˈsidʒɚ] (n.) 手續、步驟	衍 proceed (v.) 進行 似 process (n.) 過程
experienced [ɪksˈpɪrɪənst] (a.) 經驗豐富的	相似詞 seasoned「經驗豐富的」一起熟記。 例 a seasoned teacher 經驗豐富的教師 反 inexperienced (a.) 經驗不足的
personnel [ˌpɜsəˈnɛl] (n.) 員工；人事部	是集合名詞，沒有複數形式。當「人事部」的意思也很常考。容易與 personal「個人的」混淆，須留意。
author [ˈɔθɚ] (n.) 作者、作家 (v.) 編寫	TOEIC 考題中出現的作家都很成功，不會出現批評作品的句子。
benefit [ˈbɛnəfɪt] (n.) 福利；利益 (v.) 有益於…	指基本待遇（薪資與有薪假）以外的福利。動詞用法也會考。 例 My skills could benefit your organization. 我的專長對貴公司會有助益。 衍 beneficial (a.) 有益的
focus [ˈfokəs] (v.) 集中、聚焦 (n.) 焦點	指將焦點放在某人事物上，與介系詞 on 連用。 關 focus group 焦點小組，針對某商品或服務的討論小組

🎧012

121

p------ **in** the workshop

參加工作坊

122

the c------ of the problem

問題的起因

123

a d------ in journalism

新聞學學位

124

purchase d------ from a website

直接從網站購買

125

the h------ of a television show

電視節目的主持人

126

an e------ in the field

該領域的專家

127

We were i------ed by your knowledge.

我們對你的博學感到相當欽佩。

128

work m------ in the steel industry

主要在鋼鐵界工作

129

make s------s

提出建議

130

relationships with s------s

與進貨商的交情

participate [pɑrˈtɪsəˌpet] (v.) 參加	相似詞 attend「出席」後面直接加受詞，但 participate 須先接介系詞 in 再接受詞。文法題常考。 衍 participation (n.) 參與 關 participant (n.) 參加者
cause [kɔz] (n.) 原因；理念 (v.) 引起	動詞用法以及名詞用法「（幫助弱勢族群的）理念」也會考。 例 money for a good cause 慈善金 Jerry always causes trouble. 傑瑞老是惹麻煩。
degree [dɪˈgri] (n.) 學位；程度；度數	例 to a certain degree 某種程度上、或多或少 關 a master's degree 碩士學位 Ph.D. = doctor of philosophy 博士學位 diploma (n.) 畢業證書
directly [dəˈrɛktlɪ] (adv.) 直接	衍 direct (a.) 直接的 反 indirectly (adv.) 間接地
host [host] (n.) 主持人 (v.) 主辦	動詞用法也相當重要。 例 host an event 主辦活動
expert [ˈɛkspɚt] (n.) 專家 (a.) 專家的、內行的	形容詞用法也會考。 例 expert advice 專業諮詢 關 expertise (n.) 專門技能或技術 似 connoisseur (n.) （藝術或食物）鑑賞家
impress [ɪmˈprɛs] (v.) 給…留下印象；使…佩服	指對對方的印象深刻到如刻印（press）在心裡（in）。 衍 impressive (a.) 令人印象深刻的 impression (n.) 印象
mainly [ˈmenlɪ] (adv.) 主要	相似詞也很常考：primarily、chiefly、largely。 衍 main (a.) 主要的
suggestion [səˈdʒɛstʃən] (n.) 建議	似 proposal (n.) 提案 recommendation (n.) 推薦 ※ 動詞 suggest 請見多義詞 p. 268。
supplier [səˈplaɪɚ] (n.) 進貨商、供應商	supplier 指的是提供（supply）商品的公司。 例 vendor (n.) 攤販

🎧013

131

an important d------
重要文件

132

r------ **employees about the policy**
提醒員工相關規定

133

Workers are r------d **to wear uniforms.**
工作人員需要穿著制服。

134

a sales r------
業務員

135

the p------ **area**
包裝區

136

a job d------
職務內容說明

137

a p------ **manager**
財產管理人

138

Call me at e------ **4649.**
找我請撥分機 4649。

139

i------ **about a job**
詢問工作內容

140

display m------
陳列商品

document [ˋdɑkjəmənt] (n.) 文件 (v.) 紀錄、記載	TOEIC 考題中常出現弄丟文件或忘東忘西的員工。 囫 documentation (n.) 證明文件
remind [rɪˋmaɪnd] (v.) 提醒	名詞 reminder「提醒」文法題也考過。 囫 This is a reminder for all employees. 　 全體員工請注意。
require [rɪˋkwaɪr] (v.) 需要	名詞 requirement「要求」也是重要單字。 囫 minimum requirements 最低要求 囫 prerequisite (n.) 先決條件、前提
representative [ˏrɛprɪˋzɛntətɪv] (n.) 負責人、代表人	文法題常考。其他以 -ive 結尾的名詞也很重要： initiative「新措施；主導權」、alternative「替代方案」、perspective「看法、觀點」、executive「管理階層」。
packaging [ˋpækɪdʒɪŋ] (n.) 包裝（業）、包材	packaging area 指工廠進行商品包裝作業的區域。 packaging 當「（產品）包裝」的意思也會考。 囫 the packaging design 包裝設計
description [dɪˋskrɪpʃən] (n.) 說明、敘述、描寫	指「詳細說明」，如 item description「品項說明」。 囫 describe (v.) 說明、描寫 囫 portrayal (n.)（藝術作品中）刻劃、詮釋
property [ˋprɑpətɪ] (n.) 資產、財產；房地產	指包含所有物、土地、建地等所有財產。 囫 real estate 不動產 囫 real estate agency 不動產仲介
extension [ɪkˋstɛnʃən] (n.) 分機；延長	在多益裡當「分機」的頻率比「延長」高。 ※ 動詞 extend 請見多義詞 p. 249。
inquire [ɪnˋkwaɪr] (v.) 詢問	文法題的「不及物動詞 vs. 及物動詞」常考，inquire 不直接加受詞，請熟記。句型 inquire whether〈子句〉「詢問是否…」也很重要。 囫 inquiry (n.) 詢問
merchandise [ˋmɝtʃənˏdaɪz] (n.) 商品	囫 goods (n.) 商品（恆用複數）

⌒014

039

141

a h------- successful business

非常成功的一筆生意

142

The campaign r------ed in success.

活動最終很成功。

143

Thank you for your a-------.

感謝你的協助。

144

Employees are e-------d to attend the event.

公司鼓勵員工參加活動。

145

each i------- in the company

公司裡的每一個人

146

when entering the l-------

進入實驗室時

147

c------- working in Japan

考慮在日本工作

148

move the h------- to Boston

將總部移設波士頓

149

We are ready to s------- your order.

我們已經準備好將您的訂單出貨。

150

c------- buildings

商辦大樓

highly [ˈhaɪlɪ] (adv.) 非常	多益常考單字，表程度之高。除了 speak highly of 「讚揚…」這個固定用法外，一般都用來修飾形容詞，而非動詞。
result [rɪˈzʌlt] (v.)/(n.) 結果	因為是不及物動詞，所以沒有被動語態，這點須注意。名詞用法也常考。 例 results of a customer survey 顧客問卷調查結果
assistance [əˈsɪstəns] (n.) 協助	衍 assist (v.) 協助 似 help (v.) 幫助
encourage [ɪnˈkɝɪdʒ] (v.) 鼓勵、促進	及物動詞，主動用法時後面須有受詞。 例 The teacher encouraged us to study hard. 老師鼓勵我們用功。 關 encouraging news 勵志故事 反 discourage (v.) 不鼓勵、勸阻
individual [ˌɪndəˈvɪdʒuəl] (n.) 個人 (a.) 個人的、個別的	有形容詞用法，與衍生詞常出現在文法題。 衍 individually (adv.) 分別地 例 individually wrapped chocolates 分裝好的巧克力
laboratory [ˈlæbrəˌtɔrɪ ; ləˈbɔrɪtrɪ] (n.) 實驗室	在聽力部分常縮寫成 lab。 例 computer lab 電腦教室 關 experiment (n.) 實驗；(v.) 進行實驗
consider [kənˈsɪdɚ] (v.) 認為；考慮	後接動名詞 Ving。 衍 considerate (a.) 善解人意的 似 deem (v.) 認為　似 weigh (v.) 仔細考慮、權衡 ※ 名詞 consideration 請見多義詞 p. 245。
headquarters [ˈhɛdˈkwɔrtɚz] (n.) 總部	恆用複數。 同 the main/head office 總部
ship [ʃɪp] (v.) 出貨、運送 (n.) 船	衍 shipment (n.) 運送（的貨物） 例 shipment of products 產品出貨 關 shipping date 出貨日。shipping company 物流公司 似 dispatch (v.)/(n.) 發送
commercial [kəˈmɝʃəl] (a.) 商業的、貿易的 (n.) 多媒體廣告	在多益更常當形容詞。

🎧015

151	**a medical** d-------
	醫療儀器

152	**For whom is the notice** i-------?
	這公告是以誰為對象？

153	**a product** b-------
	產品手冊

154	**by express** m-------
	用快遞郵寄

155	**I** p------- **to work part-time.**
	我偏好兼職工作。

156	**I'm writing <u>in</u>** r------- **<u>to</u> your letter.**
	我正在回覆你的信。

157	**companies in the** r-------
	該地區的公司

158	d-------s **to a museum**
	給博物館的捐贈

159	**the third** q-------
	第 3 季

160	**a rental** a-------
	租約

device [dɪˈvaɪs] (n.) 儀器、裝置	TOEIC 的考題一出現醫生，不是有關預約就是變動演講行程。
intended [ɪnˈtɛndɪd] (a.) 以…為對象的	此問句常在 Part 4 和 Part 7 出現，意思是「對話或文章的對象是誰」。 衍 intend (v.) 打算 　　intention (n.) 意圖
brochure [ˈbroʃʊr : broˈʃʊr] (n.) 小冊子	pamphlet 是指僅有數頁文字的小冊子，通常只談一個主題，如紫外線的危險性。brochure 則是以宣傳為目的的手冊，像是公司簡介、產品簡介等。
mail [mel] (n.) 郵件、郵遞 (v.) 郵寄	與介系詞 by 一起背。
prefer [prɪˈfɝ] (v.) 更喜歡	Part 2 必考單字。 例 Would you prefer a window or an aisle seat? 　您要靠窗還是靠走道的座位呢？ 衍 preference (n.) 偏好。preferable (a.) 更合意的 　　preferably (adv.) 寧可
response [rɪˈspɑns] (n.) 回答、答覆	句型 in response to X「回覆給 X」請熟記。 衍 respond (v.) 回覆 關 respondent (n.) 應答者 似 reply (v.)/(n.) 回覆
region [ˈridʒən] (n.) 地區	形容詞 regional「地區的、地方的」也常考。 例 a regional sales meeting 地方業務會議
donation [doˈneʃən] (n.) 捐贈	與美國文化背景有關，多益愛考捐贈相關單字。 衍 donate (v.) 捐贈 　　donor (n.) 捐贈者 似 contribution (n.) 捐贈；貢獻
quarter [ˈkwɔrtɚ] (n.) 季	企業會將一個會計年度（fiscal year）分成四等分進行事業管理與評估，每三個月就稱作一個 quarter。
agreement [əˈɡrimənt] (n.) 協議、同意（書）	當「協議」的意思也會考。 例 reach an agreement 達成協議 衍 agree (v.) 同意 　　agreeable (a.) 可接受的；愜意宜人的

🎧016

161

a scientific j-------
科學期刊

162

d------- a document
分發文件

163

p------- customers
潛在客群

164

r------- an appointment
重新安排預約時間

165

r------- a contract
更新合約

166

ship from a w-------
從倉庫出貨

167

a full r-------
全額退款

168

What are listeners a-------d to do?
文章建議聽者做什麼事？

169

The tickets sold out i-------.
票券立即售罄。

170

the city c-------
市議會

journal [ˋdʒɝnl] (n.) 期刊	例 a trade magazine 貿易雜誌
distribute [dɪˋstrɪbjut；ˋdɪstrɪbjut] (v.) 分配、分發；使流通	原意為「分配給予」，依上下文可解釋為「分發（文件等）」、「使（商品在市場）流通」。 衍 distribution (n.) 分配、分發、流通 關 distributor (n.) 經銷商
potential [pəˋtɛnʃəl] (a.) 潛在的 (n.) 潛力、可能性	指將來有可能成為顧客的人。名詞用法也常考。 例 enormous potential of the Internet 　網路的龐大潛力
reschedule [riˋskɛdʒul] (v.) 重新安排時間	TOEIC 考題中常出現醫院打來更改預約時間的電話，如「醫生要出席學會，因此不便看診」。
renew [rɪˋnju] (v.) 更新	衍 renewal (n.) 更新 例 renewal rate 更新利率
warehouse [ˋwɛrʌhaʊs] (n.) 倉庫	**warehouse** 的 **ware** 是指特定材料製成的製品，或有特定用途的用品，如 **software**「軟體」、**cookware**「廚房用具」、**glassware**「玻璃器皿」。
refund (n.) [ˋrɪfʌnd] / (v.) [rɪˋfʌnd] (n.)/(v.) 退款	指「歸還（re）金錢（fund）」。 關 a partial refund 部分退款
advise [ədˋvaɪz] (v.) 勸告、忠告	聽力部分常出現本例句。句型 please be advised that〈子句〉「請…」也很重要。 衍 advisable (a.) 明智的 例 It is advisable that〈子句〉 …是明智的。
immediately [ɪˋmidɪɪtlɪ] (adv.) 立即、馬上	immediately after...「…之後立刻」很重要。 例 immediately after the dinner 晚餐後立刻 衍 immediate (a.) 立即的、儘快的；緊接的 例 an immediate need 迫切需求
council [ˋkaʊnsl] (n.) 議會	2010 年的 TOEIC 考題中曾出現一名勇者抗議市區公車漲價，並將陳情書投書媒體。

∩017

171

The program is usually b------- on Saturdays.

該節目一般在週六播出。

172

I am r------- <u>for</u> training employees.

我負責員工教育訓練。

173

a------- wasting time

避免浪費時間

174

e------- advertising campaigns

有效的宣傳活動

175

receive an i-------

收到邀請函

176

r------- prices

降價

177

park a v-------

停車

178

e------- use of energy

高效運用能源

179

a car m-------

汽車製造商

180

c------- rooms and friendly staff

舒適的房間與友善的工作人員

broadcast [`brɔkæst] (v.) 播放 (n.) 電視或廣播節目	在 Part 4 簡短獨白題型中，出專輯的歌手或出新書的作者一定會上廣播節目宣傳。其過去式與過去分詞三態同形：broadcast。
responsible [rɪ`spɑnsəbḷ] (a.) 負責（任）的	衍 responsibility (n.) 責任；職務 例 take complete responsibility for the project 　全權負責該專案 同 accountable (a.) 有解釋義務的 　liable (a.) 負有法律責任的、有義務的
avoid [ə`vɔɪd] (v.) 避免	後接動名詞 Ving 而非不定詞的用法須熟記。
effective [ɪ`fɛktɪv] (a.) 有效的；生效的	後方加上日期，表「（某日）起（法律）生效」的用法也很重要。 例 effective (from/on) April 1　自 4 月 1 日起生效 衍 effect (n.) 效果。effectiveness (n.) 效益
invitation [ɪnvə`teʃən] (n.) 邀請（函）	TOEIC 的考題常出現各式聚會，所以這個單字常出現。 ※ 動詞 invite 請見多義詞 p. 253。
reduce [rɪ`djus] (v.) 降低（價格）、減少	「減少」也常考，例 reduce stock 減少庫存 同 cut back on = lower (v.) 降低 同 shorten (v.) 減少 衍 reduction (n.) 減少　片 reduced price 優惠價
vehicle [`viɪkḷ；`viɪkḷ] (n.) 車輛	指汽車、貨車、公車與機車等有引擎的陸上交通工具。在 Part 1 圖片敘述中，尚未出現腳踏車是 vehicle 的例子。
efficient [ɪ`fɪʃənt] (a.) 效率高的	衍生詞在文法題常考。 衍 efficiently (adv.) 效率高地 　efficiency (n.) 效率、功效 反 inefficient (a.) 效率差的
manufacturer [.mænjə`fæktʃərə] (n.) 製造商	片 manufacture (v.)/(n.)（大量）製造 　manufacturing (n.) 製造業；大量生產
comfortable [`kʌnfətəbḷ] (a.) 舒適的、自在的	例 I'm not comfortable with public speaking. 　我在大眾面前說話會不自在。 衍 comfort (n.) 舒適。comfortably (adv.) 舒適地 反 uncomfortable (a.) 不舒服的；不安的

⌒018

181

the c------- address
正確地址

182

d------- restaurants
市中心的餐廳

183

the m------- of payment
付款方法

184

the e------- staff
全體工作人員

185

a wide r------- of services
範圍廣泛的服務

186

a hotel in a beautiful s-------
環境優美的飯店

187

We a------- for the inconvenience.
很抱歉造成您的不便。

188

f------- use of the Internet
網路的頻繁使用

189

Tex's p------- to sales manager
特克斯晉升業務經理

190

r------- your order
關於您的訂單

correct [kəˋrɛkt] (a.) 正確的 (v.) 改正	動詞用法也會考。 例 Correct an error. 改正錯誤。 衍 correction (n.) 改正、訂正。correctly (adv.) 正確地 反 incorrect (a.) 不正確的
downtown [ˋdaunˋtaun] (a.)/(adv.) 市中心的 (n.) 市中心	多益常考單字，指商業中心地帶（非住宅區）。常與都市名稱並用，如 downtown Chicago「芝加哥市中心」。 似 urban (a.) 都市的
method [ˋmɛθəd] (n.) 方法	關 means (n.) 手段（恆用複數） 例 means of communication 溝通手段 似 approach (n.) 門路、管道 例 a unique approach to sales 獨有的販賣管道
entire [ɪnˋtaɪr] (a.) 全體的	衍 entirely (adv.) 完全地 entirety (n.) 全部 例 read a book in its entirety 看完整本書
range [rendʒ] (n.) 範圍	a wide range of = a board range of「各式各樣的」，類似用法 a wide variety of「五花八門的」。 似 extent (n.) 範圍 例 to some extent 某種程度上
setting [ˋsɛtɪŋ] (n.) 環境、背景	setting 指的是該場所與其周邊環境。 例 an office setting 辦公環境 關 atmosphere (n.) 氣氛
apologize [əˋpɑlə͵dʒaɪz] (v.) 道歉	inconvenience「不便」是 convenience「方便」前面加上 in- 或 im-，表否定，如 impossible「不可能的」、inexpensive「便宜的」。 衍 apology (n.) 道歉
frequent [ˋfrikwənt] (a.) 頻繁的	衍 frequently (adv.) 頻繁地 frequency (n.) 頻率 關 frequent customer 常客 frequent flyer program 飛行常客獎勵計劃
promotion [prəˋmoʃən] (n.) 晉升；促銷	也很常當「促銷」的意思，原意「向前（pro）移動（move）」。將人移到前方就是「晉升」，將東西移到前方就是「促銷」。 衍 promotional (a.) 促銷的 ※ 動詞 promote 請見多義詞 p. 262。
regarding [rɪˋgɑrdɪŋ] (prep.) 有關	其他意思相同的介系詞也很常考，如 concerning、in/with regard to，請記住。

🎧019

191

t------ **workers**

臨時工

192

t------ **Italian dishes**

傳統義大利菜

193

A------ **is free for all members.**

所有會員一律免入場費。

194

The room can f------ **50 people.**

那間房可容納 50 個人。

195

contact a r------

聯絡推薦人

196

shipment s------

出貨狀態

197

f------ **costs**

燃料成本

198

n------ **two years**

將近兩年

199

meet in the c------ **for lunch**

約在員工餐廳吃午餐

200

d------ **how to sell the product**

決定產品的販售方式

temporary [ˈtɛmpəˌrɛrɪ] (a.) 暫時的、臨時的	臨時雇用的員工在歐美簡稱 temp。 衍 temporarily (adv.) 暫時地 關 permanent staff 正職員工
traditional [trəˈdɪʃənl] (a.) 傳統的	衍 tradition (n.) 傳統 似 conventional (a.) 慣例的、習慣的 關 heritage (n.) 遺產；具歷史意義的傳統
admission [ədˈmɪʃən] (n.) 入場（費）、入場許可	衍 admit (v.) 准許 關 general-admission seating（演唱會）一般座
fit [fɪt] (v.) 適合；可容納	TOEIC 中常有「活動太受歡迎導致人數爆滿需更換場地」的情況，「人氣低迷導致活動取消或換小場地」卻從未發生。
reference [ˈrɛfərəns] (n.) 推薦人；參考、參照	徵才文章常考單字，指確認求職者過往工作情況的聯絡人。 例 a letter of reference 推薦信 　　for your reference 供您參考
status [ˈstetəs] (n.) 狀態；身分、地位	常出現在有關訂單出貨狀態、工作進度以及交通工具的運行狀況等文章。
fuel [ˈfjuəl] (n.) 燃料	在航空公司或物流公司為主題的內文常當「燃料費」。
nearly [ˈnɪrlɪ] (adv.) 將近	Part 5 句子填空常考，Part 7 閱讀也是出題重點，意思是「未滿兩年」，而非「大約兩年」，須留意。 同 almost (adv.) 差不多、幾乎
cafeteria [ˌkæfəˈtɪrɪə] (n.) 員工餐廳	常出現在閱讀部分，不是指咖啡廳（**café**）。
determine [dɪˈtɜmɪn] (v.) 決定、下決心	衍 determined (a.) 心意堅決的 　　determination (n.) 決心、毅力 似 decide (v.) 決定 　　gauge (v.) 揣測（反應或感受）、判斷

🎧020

201

travel e------s

差旅費用

202

o------ markets

海外市場

203

I am fully s------ with the service.

我對服務相當滿意。

204

Where would the article most likely a------?

這篇文章最有可能出現在哪裡？

205

d------ a plan

展開計畫

206

i------ customer service

改善顧客服務

207

a r------ price

實惠的價格

208

What is the man u------ to do?

什麼事是男子辦不到的呢？

209

All flights have been d------ed.

所有班機皆延誤。

210

l------ advice

法律上的建議

expense [ɪk`spɛns] (n.) 支出、花費	travel 在多益裡當「出差」比「旅行」還高。 囫 expenditure (n.)（全部）開支 　　spending (n.) 支出、開銷
overseas [`ovɚ`siz] (a.) 海外的 (adv.) 在海外	也可當副詞使用，如 travel overseas「海外旅行」。
satisfied [`sætɪsfaɪd] (a.) 感到滿意的	其衍生詞在 Part 5-6 常考。 衍 satisfy (v.) 使⋯滿足。satisfaction (n.) 滿足 　　satisfactory (a.) 令人滿意的 　　satisfactorily (adv.) 令人滿意地
appear [ə`pɪr] (v.) 出現；看起來、似乎	當「看起來、似乎」也會考。 囫 This item appears to be damaged. 　　這件商品似乎有損壞。 ※ 名詞 appearance 請見多義詞 p. 242。
develop [dɪ`vɛləp] (v.) 發展；展開；使（技術）進步	當「開發」、「使（技術）進步」的意思也會考。 囫 develop a product 開發產品 　　develop a skill 精進技術 ※ 名詞 development 請見多義詞 p. 247。
improve [ɪm`pruv] (v.) 改善	衍 improvement (n.) 改善 囫 make improvements 進行改良
reasonable [`rizənəbl] (a.)（價格）實惠的、合理的	形容「價格實惠」的形容詞還有： 囵 affordable (a.) 負擔得起的 　　competitive (a.) 有競爭力的 　　inexpensive (a.) 便宜的
unable [ʌn`ebl] (a.) 做不到的	此單字在聽力部分特別愛考。 反 able (a.) 能夠做到的
delay [dɪ`le] (v.) 使⋯延遲、耽擱 (n.) 延遲	delay 指「使⋯延遲」，因此表達「某人事物延遲」時，要用被動語態，請記住。
legal [`ligl] (a.) 法律上的、合法的	TOEIC 考題沒有出現過違法的人，卻有法律事務所（law firm）。 囵 lawyer、attorney (n.) 律師 　　paralegal (n.) 律師助理

🎧021

211

under the r------s

按照規定

212

Our business is e------ing.

本公司正在擴展事業。

213

the l------ **of a new product**

新商品的發售

214

a letter of r------

推薦信

215

Please d------ **any questions to me.**

有任何問題請找我。

216

increase p------s

提升利潤

217

s------ **interns for the summer**

尋求暑期實習生

218

the winning e------

獲獎的參賽作品

219

file a c------

提出申訴

220

a repair c------

維修組

regulation [ˌrɛgjəˈleʃən] (n.) 規定、規則	與介系詞 under 連用的片語常有「處在該情況」 之意，如 under construction「施工中」、under negotiation「交涉中」、under consideration「考慮 中」。 圃 **regulate** (v.) 規定、規範
expand [ɪkˈspænd] (v.) 擴展	圃 **expansion** (n.) 擴展 例 **factory expansion** 工廠擴展 　　**expansion into the Asian market** 進軍亞洲市場 圃 **expansive** (a.) 廣闊的　　圓 **enlarge** (v.) 擴大、擴張
launch [lɔntʃ] (n.)/(v.) 發表、推出、啟動	指開始進行大規模事業，如新專案開跑、新商品發售 等，也指火箭發射或新船下水。動詞用法也常考。 例 **launch a new product** 發表新商品
recommendation [ˌrɛkəmɛnˈdeʃən] (n.) 推薦（信）	Part 7 閱讀常考。「推薦信」也可說 a letter of reference。多益常出現請前公司主管撰寫推薦信的情 境。 圃 **recommend** (v.) 推薦
direct [daɪˈrɛkt ; dɪˈrɛkt] (v.) 指向；指導 (a.) 直接的	形容詞用法也常考。 例 **a direct impact** 直接衝擊 圃 **directly** (adv.) 直接 ※ 名詞 direction 請見多義詞 p. 248。
profit [ˈprɑfɪt] (n.) 利潤 (v.) 獲益	圃 **profitable** (a.) 盈利的 例 **a profitable business** 獲利企業 圃 **profitability** (n.) 獲利能力 例 **increase profitability** 提升收益能力
seek [sik] (v.) 尋求	TOEIC 常出現待遇好到令人難以置信的徵才內容，像 是「高薪、福利健全、公司快速成長中」等。
entry [ˈɛntrɪ] (n.) 參賽（作品）；入場	多益最常當「參賽作品」的意思，也常出現「入場」 的意思。 例 **an entry form** 報名表 　　**Entry to the exhibition costs $5.** 入場看展 5 美金。
claim [klem] (n.) 聲稱權利 (v.) 聲稱、主張	指提出正式申請。當動詞「主張、聲稱」也會考。 例 **claim to** *do/to be* X 主張… 圉 **baggage claim** 行李領取處 　　**unclaimed** (a.) 無人認領的
crew [kru] (n.) 團體、組；全體機員	指進行特定作業的一群人。

🎧 022

221

meet d-------
滿足需求

222

sales f-------s
營業額

223

r------- **money for charity**
募集慈善金

224

I have a-------ed **my résumé.**
我附上了履歷表。

225

a way of a------ing **customers**
吸引顧客的方法

226

provide health i------- **for employees**
提供員工健康保險

227

the scheduled d------- **date**
預訂的出發日期

228

the m------- **of Tex Town**
特克斯鎮市長

229

an account b-------
戶頭結餘

230

an e------- **for the project**
專案估價單

demand [dɪˈmænd] (n.) 需求 (v.) 要求	片語 meet demand「滿足需求」需熟記。 ※meet 除了當「碰面」外，還有其他意思，請見多義詞 p. 256。
figure [ˈfɪɡjɚ] (n.) 數字；人物	多益多半當「數字」的意思，有時也會當「人物」使用。 例 a key/leading figure 重要人物
raise [rez] (v.) 募款；提高 (n.) 加薪	當「提高」的意思也會考。 例 raise prices 提高價錢 raise concerns 提高關注
attach [əˈtætʃ] (v.) 附上、附加	其相似詞在 Part 7 閱讀很常考，如 enclose「隨函附上」、accompany「附有」、include「包含」。 衍 attachment (n.) 附檔、附件；附屬物 反 detach (v.) 使分離、拆掉
attract [əˈtrækt] (v.) 吸引	衍 attractive (a.) 有吸引力的 例 attractive design 有魅力的設計 衍 attraction (n.) 吸引力、有吸引力的人事物；知名景點 例 tourist attractions 觀光景點
insurance [ɪnˈʃʊrəns；ˈɪnʃʊrəns] (n.) 保險	衍 insure (v.) 為…投保；向…擔保、保證 關 insurance policy 保險契約、保單 policyholder (n.) 投保人 premium (n.) 保險金、保費
departure [dɪˈpɑrtʃɚ] (n.) 離開、出發；背離	也有「背離一般做法」的含意，同義詞題型考過。 例 a departure from the usual style 偏離一般風格 衍 depart (v.) 出發
mayor [ˈmeɚ] (n.) 市長	似 governor (n.) 州長
balance [ˈbæləns] (n.) 結餘；平衡	在多益裡當「餘額」的意思比「平衡」還常見。 關 balance between life and work 生活與工作間的平衡
estimate (n.) [ˈɛstɪmət] (v.) [ˈɛstəˌmet] (n.) 估價單 (v.) 估價	動詞用法也常考。 衍 estimated (a.) 估計的、約略的 例 an estimated time of arrival 估計抵達時間 關 underestimate (v.) 低估

023

231

a commercial d-------

商業區

232

a f------- **employee**

前任員工

233

design a m------- **building**

設計一棟現代建築

234

t-------s **on packing**

打包行李的訣竅

235

e------- **a business**

設立公司

236

an o------- <u>to</u> **change the date**

有更改日期的選項

237

r------- **after 20 years of service**

服務 20 年後退休

238

the s------- **for the next president**

尋找下一任社長

239

a s------- **example**

具體範例

240

a------- **technology**

農業技術

district [ˋdɪstrɪkt] (n.) 地區	🔗 area、region (n.) 地區、區域
former [ˋfɔrmɚ] (a.) 前任的；先前的 (n.) 前者	副詞 formerly「以前」也很常考。 📙 Karen was formerly a teacher. 凱倫以前是老師。 🔗 previous (a.) 先前的
modern [ˋmɑdɚn] (a.) 現代的	相似詞 contemporary「當代的」也相當重要。 📙 contemporary art 當代藝術 🔗 modernize (v.) 使現代化
tip [tɪp] (n.) 訣竅	🔗 advice (n.) 忠告
establish [əˋstæblɪʃ] (v.) 建立	名詞 establishment 有「設立」也有「機構」之意，依上下文有「店」、「餐廳」、「飯店」等解釋。Part 7 閱讀常考，請熟記。 🔗 found (v.) 設立
option [ˋɑpʃən] (n.) 選擇（權）、選項	句型 option to *do*「做⋯的選項」曾在文法題出現。 🔗 optional (a.) 有選擇性的、非強制性的 📙 Donations are optional. 捐款非強制性。
retire [rɪˋtaɪr] (v.) 退休	因任期屆滿而退休會用 retire；自行辭職會用 leave 或 quit。名詞 retirement「退休」也是重要單字。 📙 a retirement party 退休歡送會
search [sɝtʃ] (n.)/(v.) 尋找、搜尋	當動詞「尋找」時，要用 search for「尋找⋯」，與介系詞 for 連用。若當動詞「搜尋、查找（網路）」使用時，可直接接受詞。 📙 search the website 搜尋網頁
specific [spɪˋsɪfɪk] (a.) 具體的；特定的	當「特定的」的意思也很重要。 📙 a specific field 特定領域 🔗 specifically (adv.) 具體地；專為 specifics (n.) 詳情、細節（恆用複數）
agricultural [ˏægrɪˋkʌltʃərəl] (a.) 農業的	TOEIC 常考環保農業，自產自銷的有機食品（organic food）市集相當常見。 🔗 agriculture (n.) 農業

🎧024

241

h------- figures

歷史人物

242

I hope you find this information h-------.

希望這項資訊對您有幫助。

243

c-------s about the noise

抱怨噪音

244

experience in a r------- field

相關領域的經驗

245

S------- fill out the form below.

簡單填寫以下表格。

246

offer a u------- opportunity

提供獨一無二的機會

247

any questions c------- the order

任何有關訂購的問題

248

a well-deserved r-------

當之無愧的好名聲

249

a------- to speak three languages

說三國語言的能力

250

the time of a-------

抵達時間

historical [hɪˈstɔrɪkl̩] (a.) 歷史（上）的	衍 historically (adv.) 在歷史上 似 historic (a.) 歷史性的、具歷史意義的 例 historic buildings 歷史代表建築
helpful [ˈhɛlpfəl] (a.) 有幫助的	也可用來形容「人」。 例 a hotel with helpful and friendly staff 　員工幹練且友善的飯店
complaint [kəmˈplent] (n.) 抱怨、怨言	名詞 complaint 加上複數 s 字尾（complaints），容易與動詞 complain「抱怨」加上動詞字尾 s（complains）混淆，請留意。
related [rɪˈletɪd] (a.) 相關的	用法 related to X「與 X 有關」也很重要。 動詞 relate 也有「講述、敘述（tell）」的意思，在同義詞題型時須留意。 似 relevant (a.) 相關的。pertain to X 與 X 有關
simply [ˈsɪmplɪ] (adv.) 簡單地；僅僅	也可表示「無其他含意」。 例 We simply do not have time. 我們真的沒時間。 片 simply put 簡而言之 同 only = just = merely = purely (adv.) 僅僅
unique [juˈnik] (a.) 獨一無二的、獨有的	當「獨有的」也常考。 例 a unique way 獨有的方法 片 unique to X X 特有的
concerning [kənˈsɜnɪŋ] (prep.) 關於	為介系詞，後面直接加名詞。同義的介系詞 regarding，in/with regard to 也常考。
reputation [ˌrɛpjuˈteʃən] (n.) 名聲、聲望	此短句就是「實至名歸」的意思，是固定用法，請記熟。
ability [əˈbɪlətɪ] (n.) 能力	為形容詞 able「能夠…的」的名詞。 似 capability (n.) 能力（的最大值）、才能
arrival [əˈraɪvl̩] (n.) 抵達	動詞 arrive「抵達」也常考。 例 My order has not arrived. 我訂購的東西尚未送達。 反 departure (n.) 出發、離開

🎧025

251

I am f------ <u>with</u> the area.

我對那一帶很熟。

252

an i------ location

理想的地點

253

m------ a website

維護網頁

254

a l------ company

景觀設計公司

255

o------ an event

主辦活動

256

a s------ increase in profits

盈收大幅增加

257

a special o------

特殊場合

258

safety s------s

安全標準

259

an impressive educational b------

優秀的教育背景

260

a g------ tour

有導覽的行程

familiar [fə`mɪljə] (a.) 熟悉的；親近的	衍 **familiarize** (v.) 使熟悉 例 Please familiarize yourself with the new system. 　請熟悉新系統。 衍 **familiarity** (n.) 熟悉、通曉　反 **unfamiliar** (a.) 不熟悉的
ideal [aɪ`diəl] (a.) 理想的	衍 **ideally** (adv.) 理想地 例 Ideally, the candidate should speak French. 　申請人如果會說法語更理想。 似 **impeccable** (a.) 無可挑剔的。**perfect** (a.) 完美的
maintain [men`ten] (v.) 維護；主張	當「主張」時與 claim 同義，後方都可以接子句， Part 7 閱讀的同義詞題型會考兩個代換的用法。 衍 **maintenance** (n.) 維護
landscaping [`lænd͵skepɪŋ] (n.) 景觀設計、環境美化	是多益很愛考的職業。 似 **gardening** (n.) 園藝。**gardener** (n.) 園藝師、園丁 關 **landscape paintings** 風景畫 　　**greenhouse** (n.) 溫室
organize [`ɔrgə͵naɪz] (v.) 主辦、組織	是基本商務單字，指準備活動或會議、組織團隊等。 關 **organizer** (n.) 主辦單位
significant [sɪg`nɪfəkənt] (a.) 顯著的、大幅的、重要的	副詞 significantly「顯著地、大幅地；非常」也常考。 衍 **significance** (n.) 重要性 例 Sales increased significantly. 業績大幅提升。 似 **considerable**、**substantial** (a.) 可觀的
occasion [ə`keʒən] (n.) 場合；時機；機會	當「時機」和「機會」的意思也會考。 例 I've met David on several occasions. 　我和大衛見了幾次面。 例 a perfect occasion 大好機會
standard [`stændəd] (n.) 標準 (a.) 標準的	形容詞用法也會考。 例 standard procedure 標準程序 似 **criterion** (n.) 標準、準則（多用複數形：criteria）
background [`bæk͵graʊnd] (n.) 經歷、背景	徵才文章常用單字。當「背景」的意思也會考。 例 the historical background of an event 　該活動的歷史背景
guided [`gaɪdɪd] (a.) 有導覽（員）的	TOEIC 考題常出現有導遊陪同的博物館或美術館參 觀行程文章，導遊一定會在禮品店催促團員購買伴手 禮。

🎧026

261

a------- technology

先進技術

262

an a------- date

替代日期

263

I'm c------- <u>that</u> I can do it.

我有自信能做得到。

264

over the past two d-------s

在過去 20 年裡

265

attend the i------- training session

參加初期培訓課程

266

My order arrived in two s------- shipments.

我訂購的東西分 2 次送達。

267

the grand opening c-------

開幕慶祝

268

express c-------

表示關切

269

work e-------

職場環境

270

o------- a machine safely

安全操作機器

advanced [əd`vænst] (a.) 先進的；高等的、進階的	當「高等的」的意思也會考。 ⑩ beginning and advanced classes 入門與進階課程 　　advanced degree 高等學歷（含碩博士以上） ⑩ advance (n.) 進展；前進
alternative [ɔl`tɜnətɪv] (a.) 替代的 (n.) 替代方案	名詞用法也會考。 ⑩ have no alternative but to *do* 別無選擇只能做⋯ ⑩ alternatively (adv.)（給予建議）要不、或者 ⑩ alternate (a.) 替代的　⑩ substitute (n.) 替代品、替補
confident [`kɑnfədənt] (a.) 有自信的	須留意後接子句的用法，以及與 confidential「機密的」的差別。 ⑩ confidence (n.) 自信、把握 ⑩ convinced (a.) 確信的
decade [`dɛked : dɪ`ked] (n.) 十年	Part 7 閱讀會考 decade 與 ten years 代換的題目，須留意。
initial [ɪ`nɪʃəl] (a.) 首次的、初步的	與副詞 initially「最初、起初」常出現在文法題。
separate (a.) [`sɛpərət] / (v.) [`sɛpə͵ret] (a.) 分開的、個別的 (v.) 分開	⑩ separately (adv.) 分別地、另外地 ⑩ Batteries must be purchased separately. 　　電池須另購。
celebration [͵sɛlə`breʃən] (n.) 慶祝	⑩ celebrate (v.) 慶祝 　　celebrated (a.) 有名的 ⑩ celebrity (n.) 名人 ⑩ festivity、gala (n.) 慶典
concern [kə`sɜn] (n.) 關心、關切	像 What is the man's concern?「男子擔心的是什麼事呢？」的句子也常出現在 Part 3 的問句。 ⑩ concerned (a.) 擔心的 ⑩ I'm concerned about the cost. 我擔心成本。
environment [ɪn`vaɪrənmənt] (n.) 環境	⑩ environmental (a.) 環境的 　　environmentally (adv.) 環境方面 ⑩ an environmentally friendly house 環保房屋
operate [`ɑpə͵ret] (v.) 操作；營運；運作	⑩ The company is operating in Europe. 　　公司在歐洲有營業。 ⑩ operation (n.) 營運；操作 ⑩ The plant is in operation. 工廠運作中。 ⑩ operating costs 營運花費

🎧027

271

v------- **designs and patterns**

各式各樣的設計和圖案

272

a b------- **report**

簡短報告書

273

f------ **employees**

全職員工

274

the o------ **budget**

整體預算

275

a------ **a sales target**

達成業績目標

276

pay <u>on</u> a monthly b------

按月支付

277

a sports c------

運動中心

278

We are d------ **to see you.**

很高興能見到您。

279

o------ **information <u>from</u> the Internet**

從網路獲得資訊

280

h------ **an employee**

表揚員工

various [ˋvɛrɪəs] (a.) 各式各樣的	衍 vary (v.) 與…不同。variety (n.) 種類；多樣化 例 a wide variety of products 種類廣泛的產品 關 variable (a.) 可變的；(n.) 變數 似 erratic (a.) 無規律的
brief [brif] (a.) 簡要的	當「短時間的」也會考。 例 a brief break 稍作休息 衍 briefly (adv.) 簡要地
full-time [ˋfʊlˋtaɪm] (a.) 全職的	反 part-time (a.) 兼職的 關 a permanent job 固定工作、正職
overall [ˋovɚˏɔl] (a.) 整體的 (adv.) 整體來說	副詞用法也會考。 例 Overall, our sales increased by 10%. 公司整體業績提升了 10%。
achieve [əˋtʃiv] (v.) 達成	衍 achievement (n.) 成就、功績 似 attain/meet a target 達成目標
basis [ˋbesɪs] (n.) 基準、根據	on a monthly basis 意同 every month「每個月」， 與介系詞 on 一起熟記。 關 on a daily/weekly/yearly basis 按日／週／年
complex [ˋkɑmplɛks] (n.) 綜合設施 (a.) 複雜的、複合的	指包含數棟建築物的建築群，或是包含數種設施的建 築。當形容詞「複雜的」也會考。 例 a complex system 複雜的系統
delighted [dɪˋlaɪtɪd] (a.) 高興的	Part 5 句子填空考過後方接子句的用法。 似 pleased (a.) 高興的 關 delightful (a.) 令人高興的
obtain [əbˋten] (v.) 獲得	句型 obtain A from B「從 B 獲得 A」也常考。
honor [ˋɑnɚ] (v.) 表揚、致敬 (n.) 榮譽	當動詞也有「兌現（合約或約定）」的意思。 例 honor a contact 遵守合約 名詞用法也會考，例 in honor of X 向 X 致敬 似 accolade (n.) 榮譽、讚賞

281

p------- **trained staff**

訓練有素的員工

282

s------- **for outdoor use**

適合戶外使用

283

personal e------- **devices**

個人電子裝置

284

f------- **a contract**

敲定合約

285

a g------- **donation to a charity**

對慈善團體的慷慨捐贈

286

in p------- **for an event**

準備活動

287

main d-------**s of a teacher**

老師的主要職責

288

e------- **the respect of people**

搏得人們的尊敬

289

I am w------- **to work overseas.**

我願意在國外工作。

290

The book is w------- **reading.**

那本書值得一讀。

properly [ˈprɑpɚlɪ] (adv.) 適當地	衍 **proper** (a.) 適當的 反 **improperly** (adv.) 不適當地
suitable [ˈsjutəbl̩] (a.) 合適的	衍 **suitably** (adv.) 合宜地 例 **suitably dressed** 穿著合宜服裝 衍 **suitability** (n.) 合宜、合適
electronic [ɪlɛkˈtrɑnɪk] (a.) 電子（化）的、透過電子操作的	「電子化的」的意思也會考。 例 **electronic updates** 線上更新 　　**electronic statements** 電子對帳單 衍 **electronically** (adv.) 透過電子操作；線上地
finalize [ˈfaɪnl̩͵aɪz] (v.) 定案	指將事物調整至最終形態。 衍 **final** (a.) 最後的 　　**finally** (adv.) 終於、最後
generous [ˈdʒɛnərəs] (a.) 慷慨大方的	指在數量上給予超乎預期的金錢或物品。在捐贈文章常出現。 衍 **generously** (adv.) 慷慨大方地 　　**generosity** (n.) 慷慨、大方
preparation [͵prɛpəˈreʃən] (n.) 準備	動詞 prepare「準備」也很常考。 例 **prepare for an event** 準備活動 　　**prepare a meal** 準備飯菜 衍 **preparatory** (a.) 預備的
duty 答：duties　[ˈdjutɪ] (n.) 職責；關稅	on duty「值勤中」的用法也很重要。 例 **responsibility** (n.) 責任
earn [ɝn] (v.) 掙得、搏得；賺錢	作授與動詞的用法須熟記。 例 **The project earned him an award.** 　　那個專案讓他獲獎。 關 **earnings** (n.) 收入（恆用複數）
willing [ˈwɪlɪŋ] (a.) 願意的	指「有想主動進行的意願（will）」。 衍 **willingness** (n.) 意願 例 **willingness to travel** 願意接受出差
worth [wɝθ] (prep.) 值得…的	常考單字，當介系詞，後加名詞或動名詞。 例 **worth the expense** 值得花費的

029

291

a project f------ed by the government

政府補助專案

292

free o------- delivery

免費隔日配送

293

p------- interested in history

對歷史特別有興趣

294

every a------- of a project

專案的各個方面

295

Please do not h------- to contact us.

敬請不吝聯繫。

296

I was not i------- with the project.

我並未參與那個專案。

297

a r------- updated list

定期更新的清單

298

apply for a s-------

申請獎學金

299

The meeting will begin s-------.

會議即將開始。

300

a------- manufacturing

汽車製造業

fund [fʌnd] (v.) 出資 (n.) 資金；基金	名詞用法也常考。 例 raise funds 募集資金 關 funding (n.) 資助
overnight [ˋovɚˋnaɪt] (a.)/(adv.) 一夜的；隔日的	overnight delivery 指「過一個晚上的隔日配送」。 副詞用法也會考。 例 stay overnight at a hotel 在飯店住一晚
particularly [pɚˋtɪkjəlɚlɪ] (adv.) 特別、尤其	意思相當於 especially = in particular「特別、尤其」。 衍 particular (a.) 特定的
aspect [ˋæspɛkt] (n.) 方面	同義詞 facet「面」也曾考過，一併熟記。 例 every facet of business 業務的各個面向 似 phase (n.) 階段 　　factor (n.) 因素
hesitate [ˋhɛsə͵tet] (v.) 猶豫	本例句也可以寫成 Please feel free to contact us.。 hesitate 是不及物動詞，無被動用法。 衍 hesitant (a.) 遲疑的
involved [ɪnˋvɑlvd] (a.) 涉及在內的、有關的	衍 involve (v.) 涉及、包含 例 The work involves some travel. 該工作需要出差。
regularly [ˋrɛgjəlɚlɪ] (adv.) 定期地	與形容詞 regular「一般的；定期的」常出現在 Part 5 句子填空。 例 regular business hours 一般營業時間
scholarship [ˋskɑlɚ͵ʃɪp] (n.) 獎學金	似 grant (n.) 助學金、補助金
shortly [ˋʃɔrtlɪ] (adv.) 立刻、不久	常出現在 Part 5 的詞性與時態題型。 除了片語 shortly after/before「不久後／不久前」， shortly 一字多與未來式連用。 同 soon (adv.) 不久、很快
automobile [ˋɔtəmə͵bil] (a.) 汽車的 (n.) 汽車	衍 automotive (a.) 汽車的 例 automotive parts 汽車零件

🎧030

301

a security d-------

押金

302

The book c-------s useful information.

那本書包含有用的資訊。

303

the c-------s of the book

書本內容

304

p------- of purchase

購買證明

305

a------- the price

影響價格

306

Our products are r-------d for their quality.

本公司產品的高品質為人所認可。

307

r------- a company

代表公司

308

Tex was t-------red to Alaska.

特克斯被調到阿拉斯加了。

309

celebrate the twentieth a-------

慶祝 20 週年

310

The machine will a------- shut down.

那臺機器會自動斷電。

deposit [dɪˋpazɪt] (n.) 訂金、押金 (v.) 存款	一開始支付的部分費用或保證金稱 deposit，剩餘的則是 balance。兩個都是多益常考單字。
contain [kənˋten] (v.) 包含	指包含在容器、場所或書籍之內。 關 container (n.) 容器；貨櫃
content (n.) [ˋkɑntɛnt] / (a.) [kənˋtɛnt] (n.) 內容 (a.) 滿足的	例 a table of contents 目次
proof [pruf] (n.) 證據、證明	proof of purchase 在 Part 7 閱讀常是 receipt「收據」的另一種說法。 衍 prove (v.) 證明是、結果是 似 evidence (n.) 證據
affect [əˋfɛkt] (v.) 影響	形容詞 affected「受到影響的」也很重要。 例 the affected area 受到影響的地區、受災區
recognize [ˋrɛkəgˏnaɪz] (v.) 認可、表揚；認出	名詞 recognition「認可；賞識」也相當重要。 例 international recognition 國際認可 in recognition of his efforts 表揚他的努力
represent [ˏrɛprɪˋzɛnt] (v.) 代表；提出、表達	名詞 representative「負責人、代表人」也是常考單字，指能代表（represent）該公司或團體的人。 衍 representation (n.) 描寫、表現；代表
transfer (v.) [trænsˋfɝ] / (n.) [ˋtrænsfɚ] (v.)/(n.)（使）調動；移動	字首 trans- 表「移轉」，移動人的有 transfer「調動」與 transportation「運輸工具」。transfer 也可當「主動請調」，例 Ted transferred to Alaska. 泰德主動請調到阿拉斯加。
anniversary [ˏænəˋvɝsərɪ] (n.) 週年紀念	字首 ann- 表「年」。 衍 annual (a.) 每年一次的；每年固定的 似 milestone (n.) 重大事件；里程碑
automatically [ˏɔtəˋmætɪklɪ] (adv.) 自動地	衍 automatic (a.) 自動的 例 automatic withdrawal 自動提款 關 automated (a.) 自動化的 例 an automated message（電話）自動回覆訊息

🎧031

311

production c------
生產力（產能）

312

travel d------s
旅行的目的地

313

obtain a g------
獲得補助金

314

p------ a magazine
出版雜誌

315

The book is a------d by a CD.
書本附有一張光碟。

316

e------ growth
經濟成長

317

check e------ carefully
非常仔細檢查

318

a financial i------
金融機構

319

a------ sales figures
正確的營業額

320

c------ with large companies
與大公司競爭

capacity [kə'pæsətɪ] (n.) 容量；生產力；職位	當「容納量」、「職位」的意思也會考。 例 a seating capacity of 500 可容納 500 人的座位 in my capacity as manager 我以經理的身分
destination [ˌdɛstə'neʃən] (n.) 目的地	TOEIC 常考班機誤點或取消，航空公司因而發送優待券作為賠償。
grant [grænt] (n.) 補助金、助學金 (v.) 准予、授予	也有授與動詞的用法：**The company granted him approval.** 公司批准他的許可。 似 scholarship (n.) 獎學金
publish ['pʌblɪʃ] (v.) 出版	相關衍生字也很重要。 衍 publication (n.) 出版、出版物 關 publisher (n.) 出版社 publishing (n.) 出版業
accompany 答：accompanied [ə'kʌmpənɪ] (v.) 附有；陪同	當「陪同」也很常考。 例 I will accompany the president. 我會陪同總裁。 關 accompanying documents 隨附檔案
economic [ˌikə'nɑmɪk] (a.) 經濟（上）的	衍 economy (n.) 經濟 關 economical (a.) 節約的、節能的 例 an economical printer 節能印表機
extremely [ɪk'strimlɪ] (adv.) 極其、非常	同相似詞 very，不修飾動詞，修飾形容詞與副詞。 同 immensely (adv.) 非常地 例 The campaign was immensely successful. 活動非常成功。
institution [ˌɪnstə'tjuʃən] (n.) 團體、機構；習俗	institution 指如銀行、醫院、綜合大學等大型機構。相似詞 institute 則指科大學、專門學校、研究機構等特定領域的研究或教育機構。
accurate ['ækjʊrət] (a.) 正確的、準確的	衍 accurately (adv.) 準確地 accuracy (n.) 正確性 似 correct (a.) 正確的。precise (a.) 精準的 反 inaccurate (a.) 錯誤的
compete [kən'pit] (v.) 競爭	衍 competition (n.) 競賽；競爭者 competitor (n.) 競爭對手 competitive (a.) 有競爭力的；爭強好勝的 competitively (adv.) 競爭激烈地 關 competing companies 競爭公司

🎧032

321

e------- **a point**

強調一點

322

I was a------- <u>of</u> **the problem.**

我察覺到問題。

323

The town is c------- **with tourists.**

小鎮擠滿了觀光客。

324

The team is p-------d **by the CEO.**

團隊得到執行長的讚許。

325

a v------- **addition to the team**

可貴的新血加入團隊

326

e------- **the possibility**

探索可能性

327

f------- **a company**

設立公司

328

basic f-------s

基本功能

329

have a negative i------- <u>on</u> **the environment**

為環境帶來負面影響

330

an a------- **success**

驚人的成功

emphasize [ɛmfə.saɪz] (v.) 強調	在 Part 3-4 遇到「說話者目的」的問題時，這個字通常就是答題線索。 囲 emphasis (n.) 強調、重點 例 put/place emphasis on 把重點放在、特別強調 囲 stress、highlight、underscore (v.) 強調
aware [əˋwɛr] (a.) 察覺的、知道的	後方也可接子句 be aware that〈子句〉。 囲 awareness (n.) 認識、認知 例 raise public awareness of 提升公眾對…的認知 反 unaware (a.) 未察覺的
crowded [ˋkraʊdɪd] (a.) 擠滿人的	囲 crowd (n.) 人群 關 a crowd of 一群（人）的
praise [prez] (v.)/(n.) 稱讚	為及物動詞，主動用法時要有受詞，請留意。 例 The CEO praised the team. 執行長稱讚了團隊。 似 commend (v.) 稱讚 　　compliment (n.) 恭維；(v.) 稱讚
valuable [ˋvæljəbl] (a.) 貴重的	這裡的 addition 指的是「新加入的人或物」。 關 invaluable (a.) 無價的 　　valuables (n.) 貴重物品（恆用複數）
explore [ɪkˋsplor] (v.) 調查、探索	也有在觀光地點「探索」的意思。
found [faʊnd] (v.) 設立、創立	關 founder (n.) 創立者 似 establish (v.) 建立 囲 foundation (n.) 設立；基金會；基礎
function [ˋfʌŋkʃən] (n.) 功能 (v.) 起作用	function 也有「社交聚會」的意思。 例 a charity function 慈善聚會 囲 functional (a.) 功能的、實用的
impact [ˋɪmpækt] (n.) 衝擊、影響	似 effect (n.) 影響 　　influence (n.)/(v.) 影響 例 have an impact/effect/influence on X 　　對 X 造成影響
amazing [əˋmezɪŋ] (a.) 驚人的	囲 amazingly (adv.) 驚人地 例 amazingly slim design 令人驚豔的輕薄設計 似 surprising (a.) 令人驚訝的 　　phenomenal (a.) 非凡的

🎧033

331

a------- Tex <u>that</u> he will be promoted

向特克斯保證他一定能升遷

332

Thank you for your c-------.

感謝您的合作。

333

a rise in p-------

人氣上升

334

a construction p-------

建築許可證

335

s------- **a problem**

解決問題

336

v------- **against a proposal**

對提案投反對票

337

locally grown c-------s

當地栽培的作物

338

There are no hotels in this n-------.

這附近沒有旅館。

339

the p------ **exhibit**

常態展

340

we r------- **to inform you** <u>that</u>

我們很遺憾通知您

assure [əˈʃʊr] (v.) 向…保證	assure 和 ensure 都有 make sure「確保」的意思，但是 assure 後面需接「人」，記住句型 assure〈人〉that〈子句〉「向某人保證…」。 圓 rest assured that〈子句〉…請放心
cooperation [koˌɑpəˈreʃən] (n.) 合作、協力	衍 cooperate (v.) 合作、配合 　cooperative (a.) 合作的、配合的 　cooperatively (adv.) 配合地 似 collaboration (n.) 合作、協作
popularity [ˌpɑpjəˈlærətɪ] (n.) 人氣	Part 5 的詞性與單字題考過，是重要單字。 衍 popular (a.) 受歡迎的
permit (n.) [ˈpɝmɪt] / (v.) [pɚˈmɪt] (n.)/(v.) 許可（證）	動詞用法也會考。名詞 permission「許可」是不可數名詞，permit 則是可數名詞，這點須特別留意。
solve [sɑlv] (v.) 解決	似 resolve (v.) 解決 　overcome (v.) 克服 ※ 名詞 solution 請見多義詞 p. 266。
vote [vot] (v.)/(n.) 投票	「投票支持 X」則可用 vote <u>for</u> X 或 vote <u>in favor of</u> X 表示。後接動詞的用法 vote to do「投票支持…」也會考。
crop [krɑp] (n.) 作物；收成、收穫量	也有「收成、收穫量」的意思。 例 annual rice crop 每年稻米收成 似 grain (n.) 穀物 　harvest、yield (n.) 收成
neighborhood [ˈnebɚˌhʊd] (n.) 鄰里、鄰近地區	關 neighbor (n.) 鄰居 ※ gh 不發音。
permanent [ˈpɝmənənt] (a.) 常態的；正職的；長久的	指「常有、常存的」。 例 permanent job 正職 　permanent headquarters 常設總部 　permanent housing（如災後）永久性安置住宅
regret [rɪˈgrɛt] (v.) 遺憾	會出現在未錄取通知、缺貨、延遲出貨、航班誤點廣播等題目。 關 regrettable (a.) 令人遺憾的 　unfortunately (adv.) 遺憾地、可惜地

🎧034

341

s------- increased from 24 to 27 percent

從 24% 微幅增加至 27%

342

The system is very c-------.

系統非常複雜。

343

various f------s

各種因素

344

f-------- customer reviews

正面的顧客評論

345

g------- same-day delivery

保證當天配送

346

due to m----- trouble

由於機械故障

347

a high p------

高優先度

348

r------ recent trend

較新的流行

349

Water is an important natural r------.

水是珍貴的天然資源。

350

free s------ service

免費接駁服務

slightly [ˋslaɪtlɪ] (adv.) 稍微、略微	衍 slight (a.) 少量的、略微的 似 marginally (adv.) 略微地 　 subtly (adv.) 細微地
complicated [ˋkɑmpləˏketɪd] (a.) 複雜的	似 complex (a.) 複雜的 　 confusing (a.) 令人費解的 　 elaborate (a.) 精巧的；精心製作的
factor [ˋfæktɚ] (n.) 因素、要素	似 element (n.) 要素
favorable [ˋfevərəbl] (a.) 稱讚的；正面的；有利的	衍 favor (n.) 幫助、善意行為 　 favorably (adv.) 正面地；有利地 反 unfavorable (a.) 不利的；反對的；令人不快的 例 unfavorable market conditions 不樂觀的市場情況
guarantee [ˏgærənˋti] (v.)/(n.) 保證	也有接子句的用法。
mechanical [məˋkænɪkl] (a.) 機械的	TOEIC 常出現飛機誤點的題目，按預定起飛則非常少見。
priority [praɪˋɔrətɪ] (n.) 優先（權）	衍 prioritize (v.) 按優先順序處理
relatively [ˋrɛlətɪvlɪ] (adv.) 相較之下	衍 relative (a.) 相對的 同 comparatively (adv.) 相對地
resource [ˋrisors；riˋsors] (n.) 資源	負責人力的部門稱作 human resources「人力資源部」。 似 source (n.) 來源 例 source of energy 能源的來源
shuttle [ˋʃʌtl] (n.) 短程往返的交通運輸線	「機場接駁服務」是 Part 7 閱讀常出現的飯店服務。 關 shuttle bus 接駁巴士

035

351

The catalog is d------d <u>into</u> three sections.

型錄分成三部分。

352

a singer n------ to the town

小鎮出身的歌手

353

We can't a------ <u>to</u> <u>do</u> that.

我們沒有時間（或金錢）做那件事。

354

high i------

高收入

355

damage o------red during shipment

運送途中發生損傷

356

significant s------s

大幅節省

357

research f------

調查發現

358

I was unable to l------ the book.

我找不到那本書。

359

p------ a meeting

會議延期

360

p------ the environment

保護環境

divide [dəˋvaɪd] (v.) 分成	公司內部通常分成好幾個部門（**division**）。 ⑱ **sort** (v.) 分類 ⑲ **A man is sorting some papers.** 男子正在分類文件。
native [ˋnetɪv] (a.) 出生地的、本土的 (n.) 本地人	也有 **Seattle native**「西雅圖出生的」的用法。
afford [əˋford] (v.) 負擔得起；有時間做；買得起	指有可運用的金錢或時間，常出現在預算相關對話。 後方接不定詞 **to**，請熟記。 ⑭ **affordable** (a.) 負擔得起的 　　**affordably** (adv.) 價格實惠地
income [ˋɪn͵kʌm] (n.) 收入	⑱ **salary** (n.) 薪水 　　**wage** (n.) 工資
occur [əˋkɝ] (v.) 發生、出現	⑱ **happen = take place** (v.) 發生
saving [ˋsevɪŋ] (n.) 節省；儲蓄；節約	當「儲蓄（多用複數）」、「節約」的意思也會考。 ⑲ **the savings rate** 儲蓄率 　　**energy savings** 節約能源 ⑭ **save** (v.) 節約
findings [ˋfaɪndɪŋs] (n.) 調查發現、研究結果	**research findings** 是指研究調查後發現（**find**）的 事，可略稱 **findings**。
locate [loˋket] (v.) 找出	指「弄清楚場所（**location**）」。聽力部分常出現此單 字。
postpone [posˋpon] (v.) 延期	**TOEIC** 常出現員工到開會前都沒發現時間或場地異動 的情境題。
preserve [prɪˋsɝv] (v.) 保護、保存 (n.)（環境）保護區	當名詞「環境保護區」的用法也會考。 ⑭ **preservation** (n.) 保護、維護、保存 ⑲ **the preservation of historic buildings** 古蹟維護

🎧036

083

361

p------- **to** be difficult

結果是很困難

362

I can't remember the e------- **date.**

我不記得正確的日期。

363

g------- **popularity**

獲得人氣

364

l------- **costs**

勞動成本 (人事費用)

365

be widely r------ed **as**

廣泛認為

366

work c------- **with local businesses**

與當地企業密切合作

367

de------- **a promotion**

值得升遷

368

i------- **problems**

查明問題

369

l------ **customers**

常客

370

the most p------ **applicant**

最有希望的申請人

prove (v.) 結果是;證明、證實	後方可接不定詞 **to** 和 **that** 子句。 衍 **proof** (n.) 證明、證據 例 **proof of identity** 身分證明
exact [ɪgˋzækt] (a.) 正確的	衍 **exactly** (adv.) 完全正確地、剛好;一點也沒錯; 　 究竟、到底 例 **exactly one hour** 剛剛好一小時 　 **What's the problem exactly?** 問題到底是什麼?
gain [gen] (v.) 獲得;增加 (n.) 獲利;增加	指付出努力以獲得某物。名詞用法也會考。 例 **gain in profits** 獲利 似 **achieve** (v.) 達成 　 **obtain** (v.) 獲得
labor [ˋlebɚ] (n.) 勞動;勞工	**labor costs** 指「勞動成本」,也就是花在勞工身上的費用。TOEIC 不會考 **labor union**「工會」,也不會考勞資糾紛。
regard [rɪˋgɑrd] (v.) 把…認為、視做 (n.) 點、方面	關 **highly regarded** 評價很高的 反 **disregard** (v.) 無視 例 **Please disregard my previous e-mail.** 　 請忽略我的前一封電子郵件。
closely [ˋkloslɪ] (adv.) 密切地;嚴密地	請注意,**closely** 不是指「近的」,**work closely**「密切合作」是表示一起工作的頻率相當高,而非就近工作。
deserve [dɪˋzɝv] (v.) 應得	TOEIC 只會出現升遷而不會有降職的題目。
identify [aɪˋdɛntə͵faɪ] (v.) 識別、認出、找出	用來證明身分的是 **identification**「身分證明」。 例 **photo identification** 附照片的身分證明 　 **identification badge** 身分證
loyal [ˋlɔɪəl] (a.) 忠誠的	指經常使用某商品、服務或公司的客人。 似 **patron** (n.) 老主顧 　 **established customers** 固定客人 關 **customer loyalty** 顧客忠誠度
promising [ˋprɑmɪsɪŋ] (a.) 前途光明的、大有可為的	也會出現在文法題。此單字雖然是 -ing 字尾,但是是形容詞。 衍 **promise** (n.)/(v.) 承諾

037

371

s------- **the importance of reading**

強調閱讀的重要性

372

a------- **customer feedback**

分析顧客回饋

373

The report was c-------ed **by Tex Corporation.**

那份報告書是特克斯公司委託的。

374

We are c------- <u>to</u> **provid<u>ing</u> quality service.**

本公司堅持提供高品質的服務。

375

a cost c-------

成本比較

376

electronic c-------s

電子零件

377

e------- **staff <u>to</u> work from home**

讓員工能夠在家中工作

378

an e------- **stay at a hotel**

愉快的住房經驗

379

e------- **customers**

現有顧客

380

post a f-------

張貼傳單

stress [strɛs] (v.) 強調 (n.) 壓力；強調	也可以接子句。當名詞「壓力」也會考。 例 reduce stress 減輕壓力 似 emphasize、highlight (v.) 強調
analyze [ˋænəlˏaɪz] (v.) 分析	feedback「回饋」是指把產品或服務的想法回饋給對方。 衍 analysis (n.) 分析 關 analyst (n.) 分析師
commission [kəˋmɪʃən] (v.) 正式委託 (n.) 委員會；佣金	指正式委託某項工作。當名詞「（調查問題）委員會」或「佣金」的用法也會考。 例 pay a commission 支付佣金
committed [kəˋmɪtɪd] (a.) 盡忠職守的；虔誠的	這裡的 to 當介系詞，後面接名詞或動名詞。 衍 commitment (n.) 投身、奉獻；承諾 似 be dedicated/devoted to X 奉獻給 X
comparison [kəmˋpærɪsn] (n.) 比較	衍 compare (v.) 比較 comparable (a.) 類似的、可相比的
component [kəmˋponənt] (n.) 組成部分、零件	關 be composed of... (v.) 由…組成
enable [ɪnˋebl] (v.) 使能夠	請記住句型 enable〈人〉to do「使…能做…」。
enjoyable [ɪnˋdʒɔɪəbl] (a.) 愉快的	衍 enjoy (v.) 享受 enjoyment (n.) 樂趣
existing [ɪgˋzɪstɪŋ] (a.) 現有的、現行的	會出現在 Part 7 閱讀如「本信已寄送給曾光顧本店的貴賓」的文章裡。
flyer [ˋflaɪɚ] (n.) 傳單；（飛機）乘客	傳單這種低成本的宣傳方式在 TOEIC 考題相當常考，常見於地區宣傳活動文章。 似 brochure (n.) 小冊子

🎧038

381

p------- **to the boarding gate**

前往登機門

382

Tex p-------ed us **from** entering the room.

特克斯阻止我們進房間。

383

teachers and students a-------

老師和學生一樣

384

I was a-------ed chairperson of the committee.

我被指名擔任委員會主席。

385

a high-speed Internet c-------

高速網路連接

386

I am e------- **to learn new things.**

我渴望學習新事物。

387

e------- **of use**

使用簡易

388

f------- **common**

相當普通的

389

a------- **free of charge**

完全免費

390

a warm a-------

溫馨的氣氛

proceed [prə`sid] (v.) 前往、前進	為不及物動詞,「及物動詞 vs. 不及物動詞」題型常考,記住 proceed 後面不可直接接名詞。
prevent [prɪ`vɛnt] (v.) 防止、阻止	為及物動詞,主動用法先接受詞,而非介系詞 from。 衍 prevention (n.) 防止、預防 　　preventive (a.) 預防的 例 preventive measures 預防措施
alike [ə`laɪk] (adv.) 一樣地 (a.) 相像的	也可當形容詞使用,放在修飾的名詞後面。 例 These TOEIC books are all look alike. 　　這些多益書籍看起來都一樣。 似 likewise (adv.) 同樣地
appoint [ə`pɔɪnt] (v.) 指派、任命	句型 be appointed to *do*「被委任做…」很常考。 例 I was appointed to chair the committee. 　　我被委任做委員會主席。 ※ 名詞 appointment 請見多義詞 p. 242。
connection [kə`nɛkʃən] (n.) 連接;關聯;轉乘用交通工具	衍 connect (v.) 連接 片 connecting flight 轉乘班機
eager [`igə] (a.) 渴望	記住接不定詞 to 的用法。 衍 eagerly (adv.) 殷切地 例 I am eagerly waiting for your reply. 　　期盼您的回覆。
ease [iz] (n.) 容易 (v.) 緩和、減輕	文法題會考,不是當名詞就是當動詞。 衍 easy (a.) 簡單的 　　easily (adv.) 簡單地
fairly [`fɛrlɪ] (adv.) 相當	TOEIC 不會考 fairy「妖精、精靈」這個字。
absolutely [`æbsə.lutlɪ] (adv.) 完全地、絕對地	衍 absolute (a.) 絕對的 例 absolute confidence 絕對的信心、堅信 似 definitely (adv.) 絕對 　　undoubtedly (adv.) 毫無疑問地
atmosphere [`ætməs.fɪr] (n.) 氣氛	TOEIC 沒有出現過氣氛糟糕的餐廳。

🎧039

391

c------- **delivery costs**

計算運費

392

in c------- **to last year**

與去年比較起來

393

m------- **the quality of products**

監控產品品質

394

I o------- **travel abroad.**

我偶爾會到國外出差。

395

p------- **experience**

實務經驗

396

a s------- **problem**

重大問題

397

the s------- **of materials**

材料強度

398

e------- **important**

同樣重要

399

i-------s **from China**

來自中國的進口商品

400

an i------- **survey**

非正式的問卷調查

calculate [ˈkælkjəˌlet] (v.) 計算	多益不考複雜的數學計算。 衍 calculation (n.) 計算 關 calculator (n.) 計算機
contrast (n.) [ˈkɑnˌtræst] / (v.) [kənˈtræst] (n.) 對比、差異 (v.) 對照	動詞用法也會考。 例 *A* contrasts sharply with *B* A 和 B 呈鮮明對比 關 by contrast 相比之下
monitor [ˈmɑnɪtə] (v.) 監視 (n.) 顯示器	指定期檢查狀況是否有變化。名詞用法也會考，指電腦螢幕。
occasionally [əˈkeʒənlɪ] (adv.) 偶爾	衍 occasion (n.) 場合；特殊活動 　 occasional (a.) 偶爾的
practical [ˈpræktɪkl̩] (a.) 務實的、實際的、實用的	衍 practically (adv.) 幾乎、差不多 例 practically every day 幾乎每天
serious [ˈsɪrɪəs] (a.) 嚴重的；認真的；重要的	衍 seriously (adv.) 認真地；嚴重地 似 severe (a.) 非常嚴重的、慘重的；嚴峻的 例 severe damage 損傷慘重
strength [strɛŋθ] (n.) 力量；強度；濃度	衍 strong (a.) 強壯的 　 strongly (adv.) 強而有力地 　 strengthen (v.) 加強、鞏固、振興 關 strengthening economy 經濟成長或復蘇
equally [ˈikwəlɪ] (adv.) 相同地；公平地、平均地	曾出現在文法題。當「平均地」的意思也相當重要。 例 divide the budget equally 平均分配預算 似 evenly (adv.) 平均地、均等地 關 equivalent (a.) 等值的、相等的
import (n.) [ˈɪmport] / (v.) [ɪmˈport] (n.) 進口（商品）(v.) 進口	import 當「進口商品」時是可數名詞，常用複數。 反 export (n.) 出口（商品）；(v.) 出口
informal [ɪnˈfɔrml̩] (a.) 非正式的；隨意的	當「不拘禮節的、隨意的」也會考。 例 informal atmosphere 隨意的氣氛 衍 informally (adv.) 非正式地；隨意地 反 formal (a.) 正式的；莊重正規的

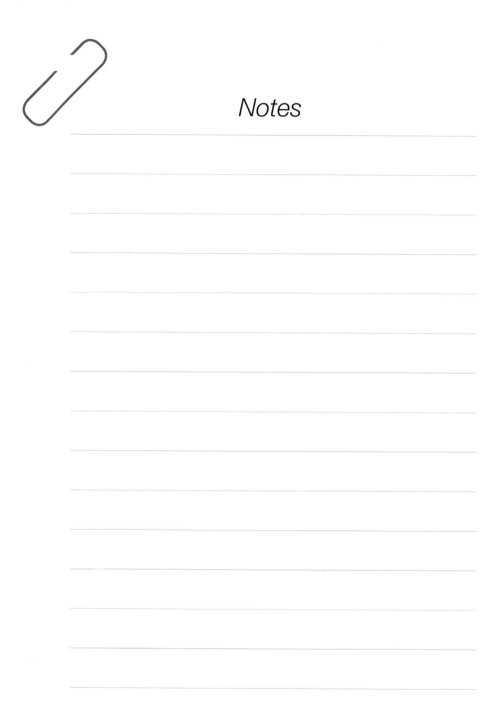

Notes

Level 2

前進730分

起跑
300單

401

I haven't seen Tex l------.

我最近都沒看到特克斯。

402

Why did you choose this p------?

你為什麼選了這個職業呢？

403

permission from a s------

主管許可

404

e------ that the products are safe

確保產品安全

405

hundreds of s------s from readers

上百封讀者來函

406

n------ employees of the change

通知員工異動

407

I d------ need the item.

那東西我非要不可。

408

Employees are e------ to receive paid holidays.

員工有放有薪假的資格。

409

All the p------ is ready.

所有文件都已經準備好了。

410

a c------ breakfast

免費早餐

lately [ˈletlɪ] (adv.) 最近、近來	與現在完成式連用，不是「遲到的（late）」的意思。
profession [prəˈfɛʃən] (n.)（專門）職業	指需要教育、法律、醫學等特殊技能或執照的職業。 ⑩ occupation (n.) 職業 ⑩ name, address and occupation 姓名、地址與職業 ※ 形容詞 professional 請參見多義詞 p. 261。
supervisor [ˈsupəˌvaɪzə] (n.) 監督者、主管	原意是「從上面（super）看（vise）」。 ⑩ supervise (v.) 監督 　 supervisory (a.) 監督的 ⑱ supervision (n.) 監督
ensure [ɛnˈʃʊr ; ɛnˈʃur] (v.) 確保	ensure 和 assure 都有 make sure「確定」之意，但 assure 後面接「人」，ensure 後面接「事」，也就是 that 子句，指「保證所述的事是確實的」。 ⑩ insure (v.) 投保
submission [sʌbˈmɪʃən] (n.) 提交（物）、呈遞書	指提交（submit）出去的物品或該行為。在多益中常指讀者來信、稿件、參賽作品。
notify [ˈnotɪˌfaɪ] (v.) 通知	Part 5 文法題會考，記住句型 notify A of B「將 B 一事通知 A」以及 notify X that〈子句〉「通知 X…」。同義詞 inform「通知」也可套用這兩個句型。
definitely [ˈdɛfənɪtlɪ] (adv.) 毫無疑問地；絕對	TOEIC 常可以聽到這種對話：客人來店裡，想買的商品缺貨→店員建議客人購買別的商品→客人：「不要，我一定要買到○○。」
eligible [ˈɛlɪdʒɪbl] (a.)（法律上）有資格的	除了接不定詞 to，句型 be eligible for X「具備 X 的條件」也很重要。⑩ eligibility (n.) 資格、符合條件 ⑩ eligibility requirements 資格要求 ⑩ be entitled to X 享有 X 的權利
paperwork [ˈpepəˌwɝk] (n.) 文書工作；資料	不可數名詞，熟記片語 fill out paperwork「填寫文件」。 ⑩ document、paper (n.) 文件
complimentary [ˌkɑmpləˈmɛntərɪ] (a.) 贈予的、免費的	free「免費的」的另一種說法，必考單字。 ⑱ compliment (n.) 讚美

🎧041

411

r------- **a plan**

修改計畫

412

t------- **an order**

追蹤訂單

413

an a------- **assistant**

行政助理

414

r------- **stores**

零售店

415

reduce i-------

減少庫存

416

e------- **analysis**

大規模分析

417

p------- **materials**

促銷商品

418

c------- **service**

外燴服務

419

a w------- **photographer**

野外攝影師

420

I have been a-------ed **the work.**

我被指派作那份工作。

revise [rɪˋvaɪz] (v.) 修改、校對	指「再次（**re**）看（**vise**）」。 衍 revision (n.) 修訂、修正
track [træk] (v.) 追蹤 (n.) 軌道；跑道	當名詞「軌道」、「跑道」的用法也常出現在聽力部分的車站廣播，或是閱讀部分的交通指南與健身房宣傳文章中。
administrative [ədˋmɪnə͵stretɪv] (a.) 行政的	administrative assistant 這個職業在聽力部分常考。 衍 administration (n.) 經營、管理 關 administrator (n.) 經營者、管理者
retail [ˋritel] (n.) 零售	retail store 指直接販賣商品給顧客的店家。相關詞 retailer「零售業者」也常考。另外，向製造商大量進貨，並販賣給零售業的業者，則稱作 wholesaler「批發商」。
inventory [ˋɪnvən͵torɪ] (n.) 庫存；盤點	當「盤點（庫存）」的意思也會考。 似 stock (n.) 庫存
extensive [ɪkˋstɛnsɪv] (a.) 廣泛的；大規模的	當「廣泛的」也很常考。 例 extensive experience 廣泛的經驗 　　extensive renovations 大規模翻修 衍 extensively (adv.) 廣泛地；全面地；大規模地
promotional [prəˋmoʃən!] (a.) 促銷的	promotional material 是印有公司、產品或服務名稱的促銷物品，同 promotional product，常考單字。 關 giveaway (n.) 促銷用的免費贈品 衍 promotion (n.) 促銷；升遷 ※ 動詞 promote 請見多義詞 p. 262。
catering [ˋketərɪŋ] (n.) 外燴；外賣	指在活動中供應餐點。 衍 cater (v.) 提供外燴 關 caterer (n.) 外燴業者 　　cater to X 迎合、滿足 X（需求等）
wildlife [ˋwaɪld͵laɪf] (n.) 野生動物	會出現在 Part 7 閱讀的書評或人物介紹文章中。
assign [əˋsaɪn] (v.) 分配、指派	名詞 assignment「任務；分配」也常考。 例 work assignment 職務 　　room assignment 房間分配 　　assigned work 分配到的業務

🎧042

421

What is i------d about the hotel?

它暗示了關於飯店的什麼事？

422

I am looking forward to the b-------.

我很期待晚宴。

423

v------- until the end of May

五月底前有效

424

provide quality service at a------ prices

以實惠的價格提供高品質的服務

425

a newly r------d library

新整修的圖書館

426

follow industry g-------

遵從業界規範

427

a copy of the c-------

證照影本

428

an i------- technology

創新的技術

429

the first item on the a------

議程的第一個事項

430

a------ line workers

裝配線工人

imply 答：implied　　　[ɪmˋplaɪ] (v.) 暗示、暗指	Part 7 閱讀的問句如果出現 imply、suggest「暗指」或 most likely「很可能」，表示要選出「未清楚寫出但可從文章推測出來的資訊」，是難度較高的題目。
banquet 　　　[ˋbæŋkwɪt] (n.) 晚宴	指正式的晚宴。 關 luncheon (n.) 午宴
valid 　　　[ˋvælɪd] (a.) 有效的	衍 validate (v.) 驗證⋯為有效 例 validate a ticket 驗票 似 good (a.) 有效的，例 good for 30 days 三十天內有效 關 expire (v.) 到期
affordable 　　　[əˋfordəbl] (a.) 實惠的	衍 affordably (adv.) 實惠地 例 affordably priced items 價格實惠的商品 衍 afford (v.) 買得起 affordability (n.) 可負擔的程度
renovate 　　　[ˋrɛnə͵vet] (v.) 整修、翻新	注意，reform 是「改善、改造（系統或制度）」，非整修。相似詞有 repair「修理」、remodel「改造、改建」、restore「修復」、refurbish「整修、翻新」。 衍 renovation (n.) 整修
guidelines 　　　[ˋgaɪd͵laɪns] (n.) 準則、指導方針（常用複數）	似 instruction (n.) 指示；說明書 direction (n.) 指示
certificate 　　　[səˋtɪfəkɪt] (n.) 證書、執照；結業證書	衍 certify (v.) 正式證明、（以書面）證明 certified (a.) 有合格證書的 關 gift certificate (n.) 禮券
innovative 　　　[ˋɪnə͵vetɪv] (a.) 創新的	衍 innovation (n.) 創新 似 revolutionary (a.) 革命性的
agenda 　　　[əˋdʒɛndə] (n.) 議程、待議事項	指待討論事項的彙整清單。
assembly 　　　[əˋsɛmblɪ] (n.) 組裝；集會	assembly line「裝配線」是組裝工廠裡的作業線。 衍 assemble (v.) 組裝；集會 例 assemble bikes 組裝腳踏車

043

431

i------- **a new printer**

安裝新印表機

432

new employee o-------

新進員工培訓

433

a r------- **scientist**

有名的科學家

434

a------- **clothes for a job interview**

適合面試的服裝

435

use fresh i------s

使用新鮮食材

436

a s------- **facility**

貯藏設備

437

serve food and b------s **to guests**

供應食物與飲料給客人

438

p------ **to the meeting**

在開會之前

439

the upcoming m------ **with Tex Corporation**

即將與特克斯公司合併

440

a seaside i-------

海邊的小旅館

install [ɪnˈstɔl] (v.) 安裝	為及物動詞，常用被動用法。 例 **A new printer will be installed.** 　 預計安裝一臺新的印表機。 衍 **installment** (n.) 安裝
orientation [ˌɔrɪɛnˈteʃən] (n.) 新進員工培訓	聽力與閱讀部分常出現新進員工培訓的內容。
renowned [rɪˈnaʊnd] (a.) 著名的	同義詞有：**famous**、**well-known**、**eminent**、**prominent**、**celebrated**、**noted**、**notable**。
appropriate [əˈproprɪˌet] (a.) 適當的、適合的	衍 **appropriately** (adv.) 適當地 似 **proper** (a.) 適合的 反 **inappropriate** (a.) 不適當的
ingredient [ɪnˈgridɪənt] (n.) （料理）材料	**TOEIC** 曾考過讀者抱怨美食雜誌刊登的食譜使用太多美乃滋（**mayonnaise**），有礙身體健康。
storage [ˈstorɪdʒ] (n.) 保管、貯藏	**store** 當動詞時有「保存、保管」的意思，一併熟記。 例 **store food in the refrigerator** 把食物存放在冰箱
beverage [ˈbɛvərɪdʒ] (n.) （無酒精）飲料	**TOEIC** 不會出現紅酒或啤酒這類酒精飲料（**alcohol**）。
prior [ˈpraɪə] (a.) 之前的	**prior to** 意思相當於 **before**，這裡的 **to** 是介系詞，後面接名詞或動名詞。 例 **prior to founding a company** 在公司成立之前 關 **prior approval** 事先批准
merger [ˈmɝdʒə] (n.) （公司或部門）合併	**merger** 是將兩間以上的公司或部門合而為一。相似詞 **acquisition**「收購」則是指某公司收購其他公司或其部門。 例 **M&A = mergers & Acquisitions** 併購
inn [ɪn] (n.) 小旅館、客棧	指「小間的飯店」。這個單字也經常用在飯店名稱中，像是「○○ Inn」。

🎧044

441

Each room is e------ped **with Internet access.**

每間房間皆配有網路。

442

a brief s------

簡短摘要

443

a two-year l------

一份為期兩年的租約

444

return a d------ **product**

退回瑕疵品

445

a q------ **magazine**

季刊 (一年發行四次的雜誌)

446

an e------ **warranty**

延長保固

447

a famous a------

有名的建築師

448

a local g------ **store**

當地的雜貨店

449

a s------ **exhibition**

雕刻展

450

send an i------

寄送旅遊行程表

equip [ɪˋkwɪp] (v.) 配備、裝備	句型 **be equipped with**「具備有⋯」是常考的表達。 衍 **equipment** (n.) 設備 例 **laboratory equipment** 實驗設備
summary [ˋsʌmərɪ] (n.) 摘要	相似詞 **abstract**「摘要」也考過。 衍 **summarize** (v.) 作總結 例 **summarize a speech** 為演講作結
lease [lis] (n.) 租約 (v.) 租賃	動詞用法也會考。 例 **lease an apartment** 出租公寓
defective [dɪˋfɛktɪv] (a.) 有缺陷的、不良的	衍 **defect** (n.) 缺陷、不良 例 **find even the smallest defects** 　連最小的瑕疵也找的到
quarterly [ˋkwɔrtəlɪ] (a.) 一年四次的 (adv.) 一年四次	指每季（**quarter**）發行一次，也就是一年發行四次的雜誌。**Part 7** 閱讀會用 **four times a year** 來代換，請注意。
extended [ɪkˋstɛndɪd] (a.) 延長的；長期的	似 **long-term** (a.) 長期的 例 **long-term plan** 長期計畫 ※ 動詞 **extend** 請見多義詞 p. 249。
architect [ˋɑrkəˏtɛkt] (n.) 建築師	多益愛考的職業之一，**Part 5** 句子填空考過與 **architecture**「建築」的區別。
grocery [ˋgrosərɪ] (a.) 食品雜貨的 (n.) 食品雜貨	多益常考，**grocery store** 是指販賣食品、雜貨等日用品的商店，類似超市或便利商店。
sculpture [ˋskʌlptʃə] (n.) 雕刻	此單字在聽力閱讀部分都會考，如雕刻展的導覽對話、雕刻學習班的宣傳等。 關 **statue** (n.) 雕像
itinerary [aɪˋtɪnəˏrɛrɪ] (n.) 旅行計畫	常出現在閱讀部分，指「記有時間、日期和地點等資訊的旅遊計畫表」。

🎧045

451

the company d------
員工通訊錄

452

My driver's license e------s **in April.**
我的駕照在每年四月到期。

453

negotiate with v------s
與業者協商

454

talk with a c------
和同事交談

455

library p------s
圖書館的常客

456

r------ **an office**
搬遷辦公室

457

t------ **industry**
觀光產業

458

My office is being r------ed.
我的辦公室正在改建。

459

c------ **reports**
消費者報告

460

i------ **a building**
檢查建築物

directory [daɪˋrɛktərɪ ; dəˋrɛktərɪ] (n.) 通訊錄、名冊	指記載姓名和聯絡方式的名冊。 例 a telephone directory 電話簿、服務電話一覽表 　　a business directory 工商名錄
expire [ɪkˋspaɪr] (v.) 到期	衍 expiration (n.) 屆期 例 the expiration date 到期日 似 lapse (v.) 失效
vendor [ˋvɛndɚ] (n.) 業者；攤販	在多益常指販賣商品或服務的「業者」。當「攤販」 的用法則常在 Part 1 照片敘述出現。 例 Vendors are displaying their merchandise. 　　攤販正在陳列商品。
colleague [ˋkɑlig] (n.) 同事	此單字在聽力部分也會考，須牢記發音。 同 coworker (n.) 同事
patron [ˋpetrən] (n.) 老顧客、老主顧	衍 patronize (v.) 惠顧 關 patronage (n.) 光顧 例 Thank you for your patronage. 謝謝惠顧。 似 loyal customers 常客
relocate [riˋloket] (v.) 搬遷	指「場所（location）變動」。不及物及物用法都會考。 例 I will relocate to Chicago next month. 　　我下個月會搬到芝加哥。 衍 relocation (n.) 搬遷　　似 move (v.) 搬（家）
tourism [ˋturɪzm] (n.) 觀光旅遊業	關 tourist (n.) 觀光客 　　travel agency (n.) 旅行社
remodel [riˋmɑdl] (v.) 改建、整修	指改變建築物的構造或形狀。 似 renovate (v.) 翻修
consumer [kənˋs(j)umɚ] (n.) 消費者	衍 consume (v.) 消費 關 consumption (n.) 消費
inspect [ɪnˋspɛkt] (v.) 檢查、稽查	「把裡面（in）拿來看（spect）」的意思。名詞 inspection「檢查」也常考。 例 perform a safety inspection 實施安全檢查 關 inspector (n.) 稽查員

🎧046

461

I have eaten at n------ local restaurants.

我在當地許多的餐廳用過餐。

462

a new p------ system

新的薪資管理系統

463

I am q------ for the position.

我能勝任這個職位。

464

kitchen a------s

廚房電器

465

excellent service and c------ prices

優質的服務與具競爭力的價格

466

The company s------s in web design.

該公司專門做網頁設計。

467

fill out a q------

填寫問卷

468

a------ two hours

約兩小時

469

c------ to a team

為團隊貢獻

470

improve p------

改善生產效率

numerous [`njumərəs] (a.) 許多的	形容數字（number）相當多的樣子。與同義詞 many「很多的」一樣，後面要接複數名詞，請注意。
payroll [`pe͵rol] (n.) 薪資（條）	原本是指紀錄全體員工薪資的名單，後來衍生出薪資、薪資名冊，以及薪資總額等用法。
qualified [`kwɑlə͵faɪd] (a.) 合格的、勝任的	名詞 qualification「資格；適合條件」與動詞 qualify「取得資格；授予資格」也常考。 例 job qualifications 工作條件 　qualify for free shipping 符合免運資格
appliance [ə`plaɪəns] (n.) 家電	指冰箱、洗衣機以及微波爐等家用電器。
competitive [kə`pɛtətɪv] (a.) 具競爭力的；競爭激烈的	指可在競爭中獲勝的價格，不見得是最低價。 衍 competitively (adv.) 具競爭力地 例 competitively priced items 定價具競爭力的商品
specialize [`spɛʃəl͵aɪz] (v.) 專門從事	與衍生詞常出現在文法題。 衍 specialized (a.) 專門的。specialization (n.) 專業領域 關 specialist (n.) 專家 關 a specialty store 專賣店
questionnaire [͵kwɛstʃən`ɛr] (n.) 問卷	指「問卷、調查表」。「進行問卷調查」會用 survey 這個字。
approximately [ə`prɑksəmɪtlɪ] (adv.) 大約	主要放在數字前面，表大概的數量、數字或時間。 衍 approximate (a.) 大約的 例 approximate number 大約的數字 似 roughly (adv.) 大致上、粗略地
contribute [kən`trɪbjut] (v.) 貢獻、捐獻	指「一起（con）付出（tribute）」，可以是付出金錢（捐獻），或付出努力或時間（貢獻）。 衍 contribution (n.) 貢獻、捐獻；投稿
productivity [͵prɑdʌk`tɪvətɪ] (n.) 生產率	衍 produce (v.) 生產 　productive (a.) 生產的 關 production (n.) 生產

047

471

The meeting starts p------ at 1 p.m.
會議在下午一點整開始。

472

a marketing s------
行銷策略

473

experienced and d------ staff
經驗豐富且盡心盡力的工作人員

474

e------ customer service
卓越的顧客服務

475

hold a l------
舉辦午宴

476

e------ expectations
超乎期待

477

operate in m------ countries
在多個國家營業

478

the regulations clearly s------ that
規定清楚說明

479

a convention v------
大會會場

480

h------ products
家用產品

promptly [ˋprɑmptlɪ] (adv.)（時間）正好；迅速、立刻地	也常考當「迅速地」的意思。 例 respond promptly 迅速回答 衍 prompt (a.) 迅速的；(v.) 促使 例 a prompt response 迅速回答	
strategy [ˋstrætədʒɪ] (n.) 策略	marketing「行銷」是多益必考單字，指讓更多人知道公司商品或服務的宣傳或促銷行為。 衍 strategic (a.) 策略的 strategically (adv.) 戰略上	
dedicated [ˋdɛdɪˏketɪd] (a.) 專注的、奉獻的；專門的	當「為單一目標而專門化的」的意思也會考。 例 a dedicated sports channel 體育專門頻道 衍 dedicate (v.) 奉獻、獻出 dedication (n.) 奉獻、獻身	
exceptional [ɪkˋsɛpʃənl] (a.) 優秀卓越的	名詞 exception「例外」的衍生詞，「史無前例地優秀」的意思。 衍 exceptionally (adv.) 罕見地、異常地 似 remarkable (a.) 引人注目的 extraordinary (a.) 非凡的；離奇的	
luncheon [ˋlʌntʃən] (n.) 午宴	指正式午宴。新進員工的歡迎午宴是多益必考情境題。 關 banquet (n.) 晚宴	
exceed [ɪkˋsid] (v.) 超越	在 TOEIC 考題中，員工表現大多超乎主管的期待。	
multiple [ˋmʌltəpl] (a.) 多個的	在 Part 7 閱讀看到此句，就要選「在兩個以上的國家營業」或「跨國經營」這類答案。	
specify [ˋspɛsəˏfaɪ] (v.) 具體說明、明確指出	接 that 子句的用法很重要。 衍 specific (a.) 具體的、特定的 specification (n.) 規格；說明書 似 stipulate (v.) 規定；明確指出	
venue [ˋvɛnju] (n.) 會場	指「舉行會議或演唱會等活動的場所」，是聽力常考單字。 似 site (n.) 場所；現場 例 construction site 工地	
household [ˋhausˏhold] (a.) 家用的 (n.) 家庭	a household name「家喻戶曉的名字」也是相當重要的慣用語。 例 Toyota is a household name in Japan. Toyota 在日本是家喻戶曉的名字。	

∩048

481

e------- **a product**

評價產品

482

n------- **with a client**

與顧客協商

483

make a b-------

進行預約

484

a daily c------- **of 30,000**

單日三萬本的發行量

485

the c------- **of the project**

專案完成

486

r------- **work experience**

相關工作經驗

487

a t------- **review**

徹底檢討

488

fly to Seattle v------- **Denver**

經過丹佛飛往西雅圖

489

relationships in the w-------

職場人際關係

490

The price includes flights and a-------.

費用包含機票與住宿費。

evaluate [ɪˈvæljʊˌet] (v.) 評價、考核	經常出現在問卷調查、產品評論或是員工考核等相關文章。 ㊕ **evaluation** (n.) 評價、考核 ㊓ **assess** (v.) 評價
negotiate [nɪˈgoʃɪˌet] (v.) 協商、談判	也有及物動詞用法。 ㊚ **negotiate a contract** 協商合約 ㊕ **negotiation** (n.) 協商、談判 　　**negotiable** (a.) 可協商的、有協商餘地的
booking [ˈbʊkɪŋ] (n.) 預約	㊓ **reservation** (n.) 預約 ㊕ **book** (v.) 預約
circulation [ˌsɝkjʊˈleʃən] (n.) 發行量；流通；借出（書本）	當「（商品或貨幣）流通」與「借出（書本）」的用法也須熟記。 ㊚ **in circulation** 流通中 　　**a circulation desk**（圖書館）借書處
completion [kəmˈpliʃən] (n.) 完成；結束	文法題常考。 ㊕ **completely** (adv.) 完全地 ※ 動詞／形容詞 complete 請見多義詞 p. 244。
relevant [ˈrɛləvənt] (a.) 相關的、切題的	同義詞 related「有關的」也很重要。 ㊚ **a related field** 相關領域 ㊠ **irrelevant** (a.) 無關的
thorough [ˈθɝo] (a.) 徹底的	副詞 thoroughly「徹底地」也相當重要。 ㊚ **The report was thoroughly reviewed.** 　　報告書被徹底檢討。
via [ˈvaɪə] (prep.) 經由	㊟ **send information via e-mail** 用電子郵件寄送資訊
workplace [ˈwɝkˌples] (n.) 職場	**TOEIC** 不曾考過為職場人際關係苦惱的文章。
accommodations [əˌkɑməˈdeʃəns] (n.) 住宿、飯店房間	指「外出時的住宿、飯店房間」，恆用複數。 ㊓ **lodging** (n.) 寄宿處、借宿處 ※ 動詞 accommodate 請見多義詞 p. 241。

🎧049

111

491

f------ **work hours**

彈性工時

492

some experts p------ that

幾位專家預料

493

seat and meal p------s

座位與用餐偏好

494

reduce costs by a s------ **amount**

降低可觀成本

495

easily a------ **by train**

搭火車就能輕鬆前往

496

media c------

媒體報導

497

g------ **profits**

產生利潤

498

R------s will be served.

會提供茶點。

499

a r------ **secretary**

可靠的祕書

500

advertising r------

廣告收益

flexible [ˈflɛksəbl] (a.) 彈性的	指可自由決定上下班時間的制度。
predict [prɪˈdɪkt] (v.) 預料	後接 **that** 子句的用法很重要。 衍 prediction (n.) 預料。predictable (a.) 可預料的 關 as predicted 如所料。than predicted 超乎預期 似 foresee (v.) 預知
preference [ˈprɛfərəns] (n.) 偏好	Part 2 考「要 A 還是 B」二擇一題目時,有時會有 I don't have a preference.「我沒有特別需求。」這種選項。也常出現在 Part 7 的機場閱讀文章。 衍 prefer (v.) 偏好
substantial [səbˈstænʃəl] (a.) 可觀的;堅固的	也有「堅固的」的意思,同義詞題型要留意。 例 a substantial piece of equipment 一項堅固設備 衍 substantially (adv.) 大大地 似 significant (a.) 重要的、顯著的 　 considerable (a.) 相當多的、可觀的
accessible [əkˈsɛsəbl] (a.) 可到達的;可使用的	當「可使用」的意思也會考。 例 The library is accessible to all employees. 　 每個員工都能使用圖書館。
coverage [ˈkʌvərɪdʒ] (n.) 報導;(保險)理賠金	當「保險理賠金、保險範圍」的意思也會考。 例 insurance coverage 承保範圍
generate [ˈdʒɛnəˌret] (v.) 產生	相似詞 yield「產生」也一起熟記。 例 The research has yielded positive results. 　 調查得出正面結果。
refreshment [rɪˈfrɛʃmənt] (n.) 茶點、輕食	指「會議或活動中提供的簡易餐點」,多益常考單字。 似 snack (n.) 點心(指簡易餐點,非甜點)
reliable [rɪˈlaɪəbl] (a.) 可靠的	同 dependable = trusted (a.) 可信賴的 衍 rely (v.) 依賴 　 reliability (n.) 可靠度;信度 　 reliably (adv.) 確實地
revenue [ˈrɛvəˌnju] (n.) 收益;稅收	revenue 是「公司賺進來的錢」,income 則是「個人收入」。

🎧050

501

the f------- dinner

募款餐會

502

an a------- designer

造詣高的設計師

503

a------- a company

收購公司

504

The weather is cold, so dress a-------.

天氣冷了，所以穿多一點。

505

positive reviews from c-------s

來自評論家的好評

506

h------- differences

強調不同之處

507

p------- a businessperson

介紹實業家

508

m------- employees

激勵員工

509

a magazine s-------

雜誌訂閱

510

e------- a serious problem

遇到嚴重問題

fund-raising [ˈfʌndˌrezɪŋ] (a.) 募捐的、慈善捐款的	指為了募集（raise）資金（fund）而舉辦的活動。 圞 fund-raiser (n.) 募款活動、募款人
accomplished [əˈkɑmplɪʃt] (a.) 熟練的、有造詣的	衍 accomplish (v.) 完成 　　accomplishment (n.) 成績
acquire [əˈkwaɪr] (v.) 收購；取得、獲得	acquire「收購」是及物動詞，相似詞 merge「合併」則是不及物動詞，會用 A merges with B「A 和 B 合併」的句型，須留意。 衍 acquisition (n.) 收購；獲得；收購品（收藏用）
accordingly [əˈkɔrdɪŋlɪ] (adv.) 因此	表達「因→果」關係的連接副詞還有： consequently、therefore、thus、as a result、as a consequence、in consequence。
critic [ˈkrɪtɪk] (n.) 評論家	其衍生詞也常出現在文法題。 衍 criticize (v.) 批評 　　critically (adv.) 批判性地 ※ 形容詞 critical 請見多義詞 p. 246。
highlight [ˈhaɪˌlaɪt] (v.) 強調、照亮 (n.) 亮點	動詞也有「用螢光筆劃線」的意思，因此「螢光筆」的英文是 highlighter。 似 emphasize、stress、underscore (v.) 強調
profile [ˈprofaɪl] (v.) 介紹人物 (n.) 人物簡介	會出現在 Part 7 文件相關問題。 關 high-profile (a.) 引人注目的、高調的 例 high-profile figure 備受關注的人物
motivate [ˈmotəˌvet] (v.) 激勵	衍 motivated (a.) 充滿幹勁的 　　motivation (n.) 積極性、幹勁；動機 似 inspire (v.) 鼓舞
subscription [səbˈskrɪpʃən] (n.) 訂閱；加入；會費	指支付金錢購買一段期間的服務，如訂閱報章雜誌、申辦網路等。 衍 subscribe (v.) 訂閱 例 subscribe to a magazine 訂閱雜誌 關 subscriber (n.) 訂閱客戶
encounter [ɪnˈkaʊntɚ] (v.) 遇到（問題）；偶遇（人）	當「偶然遇見、碰面」也會考。 例 encounter wildlife 遇到野生動物

🎧051

511

a l------ sedan

高級轎車

512

Street parking is p------ed in this area.

這一帶禁止路邊停車。

513

The problem was r------d.

問題已解決。

514

Telephone service was r------d this morning.

電話服務已在今天早上恢復。

515

s------ areas

周邊區域

516

a------ Tex <u>to</u> the problem

警告特克斯這個問題

517

the highly a------ new book

備受期待的新書

518

c------ ranked among the top 10 universities

連續評選為前 10 所最佳大學

519

fat-free d------ products

無脂乳製品

520

the first p------

第一階段

luxury [ˈlʌkʃərɪ] (a.) 高級奢華的 (n.) 奢侈（品）	sedan 指的是一般的四門轎車，在 **Part 7** 車子相關閱讀文章會出現。 匝 luxurious (a.) 奢侈的
prohibit [prəˈhɪbɪt] (v.) 禁止	匝 ban (v.) 禁止 衍 prohibitive (a.) 索價高昂的
resolve [rɪˈzɑlv] (v.) 解決	匝 solve、settle (v.) 解決
restore [rɪˈstor] (v.) 使恢復、回復、修復	指「回復原本的狀態」，會出現在 **Part 4** 簡短獨白與 **Part 7** 閱讀部分，如修復歷史建築或繪畫，或是恢復電力等主題。 衍 restoration (n.) 修復、恢復
surrounding [səˈraʊndɪŋ] (a.) 周遭的	surrounding areas 指的是包圍（surround）某處區域，此慣用語是用 ing 結尾。**Part 5** 會考選 -ing 還是 -ed 的題目。 關 an area surrounded by parks 被公園圍繞的區域
alert [əˈlɜt] (v.) 使警覺 (a.) 警戒的 (n.) 警報	當動詞「警告重要事項或危險」時，句型 alert A to B 「將 B 通知 A」非常重要。

anticipated
[ænˈtɪsəˌpetɪd]
 	
(a.) 期盼已久的
	衍 anticipate (v.) 預期；期待
	  anticipation (n.) 預期；期待
	例 in anticipation of the grand opening
	  預計盛大開幕

consistently [kənˈsɪstəntlɪ] (adv.) 一貫地、始終	衍 consistent (a.) 始終如一的；一致的 例 consistent with company policies 與公司政策一致 衍 consistency (n.) 一致性
dairy [ˈdɛrɪ] (n.) 乳製品；酪農業	字尾 -free 指的是「沒有…的」，而非「免費」，如 sugar-free「無糖」、duty-free「免稅」。
phase [fes] (n.) 階段	匝 step (v.) 階段 關 in phases 逐步地

🎧052

521

edit a m-------

編輯原稿

522

work a lot of o-------

長時間加班

523

on the p-------

在廠區內

524

The rent includes all u-------s.

房租包含所有公共費用。

525

a l------- room

洗衣間

526

I am e------- about the project.

我對該專案很有熱忱。

527

o------- a policy

概述政策

528

a p------- of materials

一袋資料

529

r------- a receipt

保留收據

530

Make sure you have all your b-------.

確認個人物品皆已攜帶。

manuscript [ˈmænjəˌskrɪpt] (n.) 手稿、原稿	⑩ draft (n.) 草稿、初稿
overtime [ˈovəˌtaɪm] (n.) 加班（費）(adv.) 加班	TOEIC 考題中的企業會支付加班費或給有薪假（paid leave）。
premises [ˈprɛmɪsɪz] (n.) 生產場所、廠址	指公司或店面用地，依內文可解釋成「廠房內」、「公司內」或是「建築物內」，字尾有 s，請留意。
utility 答：utilities [juˈtɪlətɪ] (n.)（水電瓦斯）公共費用	關 utility company（水電、瓦斯等）公用事業
laundry [ˈlɔndrɪ] (n.) 待洗衣物	「洗衣服」是 do the laundry。 關 washing machine 洗衣機 　　detergent (n.) 洗潔劑
enthusiastic [ɪnˌθjuzɪˈæstɪk] (a.) 熱心的、熱衷的	形容熱衷某事、躍躍欲試的樣子。詞性題很常考，請熟記。關 enthusiast (n.) 熱衷於…的人、愛好者 衍 enthusiastically (adv.) 熱心地 　　enthusiasm (n.) 熱情；熱衷的事物
outline [ˈautˌlaɪn] (v.) 概述 (n.) 概要	指「敘述整體的外（out）框（line）」，而非詳情。名詞用法也會考。 關 overview (n.) 概要
packet [ˈpækɪt] (n.) 小包裹；袋	指裝資料的紙袋，或是裝砂糖、番茄醬的塑膠包裝。 關 a packet of 一袋 　　an orientation packet 新進員工說明資料
retain [rɪˈten] (v.) 保留	衍 retention (n.) 保留、維持 例 employee retention rate 員工留任率
belongings [bɪˈlɔŋɪŋz] (n.) 隨身物品	會出現在 Part 4 的交通工具廣播，常用複數。 衍 belong to X 屬於 X 的 例 This book belongs to my sister. 　　這本書是我妹妹的。

🎧053

531

energy c------

節約能源

532

r------ **maintenance work**

例行維護作業

533

live in u------ **areas**

住在市區

534

50 percent of the w------

全體員工的 50%

535

a brief b------ **of the author**

作者簡歷

536

The company has recently changed o------.

該公司最近移轉了所有權。

537

a p------ **chef**

糕點師傅

538

both building managers and t------s

建築物的管理者與住戶雙方

539

reduce the w------

減少工作量

540

s------ **time**

充足的時間

conservation [kɑnsəˋveʃən] (n.) 節約；環境保護、保育	請勿與拼字相似的 conversation「對話」混淆。 衍 conserve (v.) 保護、保存 例 conserve water 節約用水、保護水資源
routine [ruˋtin] (a.) 例行的 (n.) 例行事務	指「例行工作或流程的一部分」。也當可名詞用，表「日常工作」。 例 the daily work routine 日常工作流程 衍 routinely (adv.) 常規地；經常地
urban [ˋɝbən] (a.)（在）都市的	當「在城市的」也會考。 例 urban gardening 都市農業 反 rural (a.) 鄉下的 關 suburb (n.) 郊區。suburban (a.) 郊區的
workforce [ˋwɝk͵fɔrs] (n.) 全體員工	指「勞動（work）力（force）」。
biography [baɪˋɑgrəfɪ] (n.) 人物介紹；傳記	比起當「傳記」，在多益更常當「人物介紹」。 似 autobiography (n.) 自傳
ownership [ˋonəˌʃɪp] (n.) 所有（權）；物主身分	衍 own (v.) 擁有；(a.) 自己的 關 owner (n.) 物主；老闆
pastry [ˋpestrɪ] (n.) 糕點	指用麵粉、砂糖、奶油、牛奶混合的麵糰所烤的蛋糕或餡餅。在 Part 7 閱讀常與 sweets「甜點」代換，須留意。 似 baked goods 糕點、麵包
tenant [ˋtɛnənt] (n.) 承租人、住戶	manager 指「管理者」，重要單字。 tenant 指的是付錢承租屋子的人或公司。 關 landlord (n.) 房東；地主
workload [ˋwɝk͵lod] (n.) 工作量	TOEIC 的考題中沒有出現過過勞員工，也沒有抱怨工作太多的員工。
sufficient [səˋfɪʃənt] (a.) 充足的	衍 sufficiency (n.) 充分 　　sufficiently (adv.) 充分地 似 enough (a.) 足夠的 反 insufficient (a.) 不充分的、不足的

∩054

| 541 | **main** c------s **of the product** |
| | 該產品的主要特色 |

| 542 | **a** c------ **effort** |
| | 共同努力 |

| 543 | **The event will** c------ **with a concert.** |
| | 活動將以演唱會劃下句點。 |

| 544 | **costs** a------d **with buying a house** |
| | 購屋相關花費 |

| 545 | **because of a scheduling** c------ |
| | 由於行程衝突 |

| 546 | **real estate** i------ |
| | 不動產投資 |

| 547 | **see a** p------ |
| | 看醫生 |

| 548 | **as a** t------ **of our appreciation** <u>for</u> |
| | 作為我們感謝…的象徵 |

| 549 | **a** p------ **refund** |
| | 部分退款 |

| 550 | r------ **operations** |
| | 恢復作業 |

characteristic [ˌkærəktəˈrɪstɪk] (n.) 特色 (a.) 特有的	形容詞用法也會考。 例 A is characteristic of B　A 是 B 的特色 似 feature (n.) 特徵
combined [kəmˈbaɪnd] (a.) 共同的、聯合的	衍 combine (v.) 結合 　combination (n.) 結合
conclude [kənˈklud] (v.) 以⋯作結；下結論	可當不及物與及物動詞，本句也可用被動句改寫： **The event will be concluded with a concert.** 衍 conclusion (n.) 結論 　conclusive (a.) 決定性的、無庸置疑的
associate [əˈsoʃɪˌe] (v.) 與⋯關聯 (n.) 同事 (a.) 副的	句型 be associated with「與⋯相關」也常考。名詞 和形容詞用法也會考。 例 associate editor 編輯助理 衍 association (n.) 協會；關連
conflict [ˈkɑnflɪkt] (n.) 衝突	「行程撞期」可以說 scheduling conflict。
investment [ɪnˈvɛstmənt] (n.) 投資	動詞 invest「投資」也常考。 例 invest in a new plant 投資新工廠 關 investor (n.) 投資者
physician [fɪˈzɪʃən] (n.) 醫生；內科醫生	比 doctor 更正式的稱呼。 關 dentist (n.) 牙醫 　surgeon (n.) 外科醫師 　veterinarian (n.) 獸醫
token [ˈtokən] (n.) 標誌、象徵	在 **Part 5-6** 出現過無數次的重要短句。介系詞 for 前 的片語 as a token of our appreciation「以示感激」， 請熟記。
partial [ˈpɑrʃəl] (a.) 部分的	關 full refund 全額退費
resume [rɪˈz(j)um] (v.) 重新開始	與 résumé「履歷表」的拼法相同，但兩個 e 上面都 沒有一點，須留意。

🎧055

123

551

car d------s

汽車經銷公司

552

The g------ **is made of cotton.**

那件衣服是棉製的。

553

Security measures were i------ed.

已實行安全措施。

554

receive a p------

領薪水

555

r------ **new staff**

招募新血

556

s------ **new for old**

汰舊換新

557

Our tours t------ **take an hour.**

我們的導覽行程通常要一小時。

558

an a------d **dealer**

授權經銷商

559

more expensive than c------ **products**

價格比同類型產品還高

560

a f------ **member at Tex College**

特克斯大學的一名教職員

---

dealership [ˋdiləʃɪp] (n.) 經銷權；經銷店	指獲得正式授權，得以販賣某商品的商業行為，在汽車業尤為常見。 似 **dealer** (n.) 經銷商
garment [ˋgɑrmənt] (n.)（一件）衣服	Part 1 照片敘述考過。 例 **A woman is holding up a garment.** 　女子拿起一件衣服。
implement [ˋɪmpləmənt] (v.) 實行	衍 **implementation** (n.) 實施 衍 **implementation of a plan** 實施計畫 似 **institute** (v.) 制定；設立 　 **enforce** (v.) 實行（法律規定等）
paycheck [ˋpeˏtʃɛk] (n.) 工資	美國以前發薪是給支票，員工領了支票後再到銀行兌現。最近都換成了銀行匯款，所以這個單字也變成了「工資」的意思。
recruit [rɪˋkrut] (v.) 招聘 (n.) 新成員	名詞用法也會考。 例 **the new recruits** 新進員工 衍 **recruitment** (n.) 招募 衍 **recruiter** (n.) 招聘人員
substitute [ˋsʌbstəˏtjut] (v.) 代替、取代 (n.) 替代品、替補人	熟記句型 **substitude** A **for** B「用 A 代替 B」。名詞用法也很重要。 例 **a substitute for Bill** 替代比爾的人
typically [ˋtɪpɪkəlɪ] (adv.) 通常；典型地	似 **usually** (adv.) 通常 　 **generally** (adv.) 大致上、通常 　 **normally** (adv.) 按慣例、通常 衍 **typical** (a.) 典型的
authorize [ˋɔθəˏraɪz] (v.) 授權	指正式向製造商取得販賣某產品權利的店家。 衍 **authorization** (n.) 授權、准許
comparable [ˋkɑmpərəbḷ] (a.) 類似的、可比的、相當的	形容在大小、數量或品質上相似可比較（compare）的樣子。句型 **be comparable to/with** X「與 X 相當」請熟記。 似 **similar** (a.) 類似的
faculty [ˋfækḷtɪ] (n.)（大學）師資；學院	在多益中最常當「大學師資」的意思。 相 **dean** (n.) 系主任、學院院長

🎧056

125

561

a growth i-------

成長計畫

562

P------- **is calculated by weight.**

郵資依重量計算。

563

The author will sign books a-------.

作者之後會在書上簽名。

564

a------- **to cut energy use**

以減少能源使用為目標

565

The film received g------- **positive reviews.**

那部電影普遍獲得好評。

566

The room is o-------.

該房間使用中。

567

a s------- **reputation**

堅實可信的信譽

568

Tex's a------- **to become a singer**

特克斯努力成為歌手

569

the person in a-------

當權者

570

the d------- **market**

國內市場

initiative [ɪˈnɪʃətɪv] (n.) 新計畫；主動性	有「主動發難、率領」的意思。**growth initiative** 指的是「增加公司收益的新計畫」。依前後文有多種解釋，如「進取心」、「主動權」等。
postage [ˈpostɪdʒ] (n.) 郵資	請注意，by (postal) mail 指「郵寄」，而非透過電子郵件（**by e-mail**）。 關 **postage stamps** 郵票
afterwards [ˈæftɚwɚdz] (adv.) 之後	相似詞 **after** 可當介系詞、連接詞以及副詞，但 **afterwards** 則是副詞。此區別請記住。 關 **subsequently** (adv.) 隨後、接著
aim [em] (v.) 以…為目標、瞄準 (n.) 目標	後接不定詞 **to** 的用法很重要，名詞用法也會考。 例 **the aim of the research** 研究目的
generally [ˈdʒɛnərəlɪ] (adv.) 大致上；通常	相似詞有：usually、normally、ordinarily、commonly、mostly。 衍 **general** (a.) 一般的；整體的 例 **the general public** 一般大眾
occupied [ˈɑkjʊˌpaɪd] (a.)（房間座位等）使用中的	衍 **occupy** (v.) 占領 **occupancy** (n.) 占有
solid [ˈsɑlɪd] (a.) 堅硬的、堅實的；可信賴的	也有「固體的；堅固的」的意思，但多益最常考「可信賴的」的意思。
attempt [əˈtɛmpt] (n.) 嘗試、努力 (v.) 試圖	動詞用法也會考，本例句也可寫成 Tex attempted to become a singer。
authority [əˈθɔrətɪ] (n.) 權威、威信；當局	當「威信、權威」或「當局」也會考。 例 **an authority on French literature** 法國文學權威 **the transit authority** 交通局
domestic [dəˈmɛstɪk] (a.) 國內的	指「在一個國家裡」的意思，在 **Part 7** 閱讀常是「未在海外做生意」的答題線索，是重要單字。 反 **international** (a.) 國際的

🎧057

571

without p-------
未經許可

572

a strong p------- **in the area**
在該地區有強烈存在感

573

a r------- **growing company**
急速成長的公司

574

provide r------ **to consumers**
給消費者安心感

575

r------ **employees for their hard work**
獎勵員工的辛勞

576

t------ **English** into **Japanese**
將英文翻譯成日文

577

under any c------s
在任何情況下

578

c------ to **expectations**
事與願違

579

Mr. Kato was e------ **promoted to CEO.**
加藤先生最後當上了執行長。

580

be directly e------d to **the sun**
直接曝曬在太陽下

permission [pə`mɪʃən] (n.) 許可	衍 **permit** (v.) 許可；(n.) 許可證 關 **weather permitting** 天氣許可的話
presence [`prɛzns] (n.) 存在感；出席	**strong presence** 是常見表達，指「具有強大影響力」。當「出席」也很重要。 例 **Your presence is required at the meeting.** 　你需要出席會議。
rapidly [`ræpɪdlɪ] (adv.) 急速地	形容詞 **rapid**「急速的」也常考。 例 **rapid growth** 急速成長
relief [rɪ`lif] (n.) 安心感；輕鬆、解脫	指緩和不安或疼痛。形容詞 **relieved**「放下心的」也很重要。 例 **Why is the man relieved?** 為什麼男子鬆了一口氣？ 衍 **relieve** (v.) 緩和、減輕
reward [rɪ`wɔrd] (v.)/(n.) 報償；獎賞	名詞用法也很重要。 例 **membership rewards** 會員獎勵 　**customer rewards program** 顧客獎勵制度 衍 **rewarding** (a.) 值得的、有意義的
translate [trænz`let；træns`let] (v.) 翻譯	衍 **translation** (n.) 翻譯 似 **rephrase** (v.) 改用更清楚的措詞表達
circumstance [`sɝkəm,stæns] (n.) 情況	慣用語 **under no circumstances**「絕不」也一起熟記。
contrary [`kɑntrɛrɪ] (a.) 相反的 (n.) 相反	關 **on the contrary** 相反地
eventually [ɪ`vɛntʃʊəlɪ] (adv.) 最後、終於	似 **finally** (adv.) 最後 　**ultimately** (adv.) 最終
expose [ɪk`spoz] (v.) 暴露；揭露	「放置（pose）到外面（ex）」的意思。與介系詞 **to** 連用。 衍 **exposure** (n.) 暴露；揭露

🎧058

129

581

a p------- of experts

專家小組

582

the bottom p------- of the ticket

票根

583

p------- duties

主要職責

584

opening r-------s

開場白

585

in a t------- manner

在合理時間內

586

the most c------- used methods

最普遍使用的方法

587

c------- a doctor

諮詢醫生

588

c------- a warehouse <u>into</u> an office

將倉庫改造成辦公室

589

You have no o------- to do so.

你沒有義務這麼做。

590

r------- without notice

無預警辭職

panel [ˋpænḷ] (n.) 專門小組;面板、控制板	指「針對特定主題進行討論或競賽評審的專家 (penalist) 小組」。
portion [ˋpɔrʃən] (n.) 部分;一人份的餐點	本短句也常出現在退換貨相關文章。
primary [ˋpraɪˏmɛrɪ] (a.) 主要的	延 primarily (adv.) 主要地 例 For whom is the notice primarily intended? 　 這份通知的主要對象是誰? 似 main、principal (a.) 主要的、最重要的
remark [rɪˋmɑrk] (n.) 言辭;評論 (v.) 評論	延 remarkable (a.) 值得注意的 　 remarkably (adv.) 非常
timely [ˋtaɪmlɪ] (a.) 及時的、適時的	-ly 結尾的字多當副詞,但以下是例外,當形容詞, 如:nightly/daily/weekly/monthly/yearly「每晚/日 /週/月/年的」、timely「適時的」、costly「昂 貴的」、leisurely「悠哉的」
commonly [ˋkɑmənlɪ] (adv.) 通常、一般、普遍	相似詞有:usually、normally、generally。 延 common (a.) 常見的、普通的、普遍的
consult [kənˋsʌlt] (v.) 諮詢	當「查閱(書或地圖)」也很重要。 例 consult a manual 查閱使用手冊 延 consultation (n.) 諮詢 延 consultant (n.) 顧問;諮商師
convert [kənˋvɝt] (v.) 改造、改變	指「將某物改變成別的外型或用途」,也會當棒球術 語使用,如「將守備位置從內野切換(convert)到 外野」。
obligation [ˏɑbləˋgeʃən] (n.) 義務、責任	延 obligate (v.) 使履行義務 片 be obliged/obligated to do 　 有履行…的義務、有做…的責任
resign [rɪˋzaɪn] (v.) 辭職	名詞 resignation「辭職;辭呈」也是重要單字。 例 submit a resignation 提出辭呈 似 step down 辭職、卸任

059

591

The door is s------ locked.
門牢牢地鎖上。

592

s------ **to cut costs**
努力降低成本

593

a t------ of events
活動時間表

594

u------ **Tex to change his mind**
力勸特克斯改變心意

595

a------ **receipt of the order**
告知收到訂單

596

a d------ **group of experts**
各種領域的專家團隊

597

a bank t------
銀行交易

598

a l------ **of information**
資訊不足

599

Customer satisfaction is e------ to us.
顧客滿意度是我們公司的首要考量。

600

the m------ **of employees**
大多數的員工

securely [sə`kjʊrlɪ] (adv.) 安全地、牢固地	「確保安全無虞、牢固地」的意思。當「安全地」的意思也會考。※ 動詞 secure 請見多義詞 p. 265。 ⑩ **pay securely online** 安全網路支付 倒 **security** (n.) 安全；保全人員
strive [straɪv] (v.) 努力、奮鬥	句型 strive for *X*/to *do* 是「努力爭取 X；努力達到…」，而 strive against *X*/*doing* 則是「力抗…」的意思。
timeline [`taɪmˏlaɪn] (n.) 時間表	在 Part 7 常作為 schedule「行程表」的另一個說法。
urge [ɜdʒ] (v.) 力勸	urge *X* to *do*「力勸 X 做…」的用法相當重要。
acknowledge [ək`nɑlɪdʒ] (v.) 告知收到（信件）；承認	當「承認」也很重要。 ⑩ **acknowledge the need** 承認有必要性 倒 **acknowledgment** (n.) 　　收件通知；同意；書本內的致謝
diverse [daɪ`vɜs] (a.) 多樣的、形形色色的	文法題考過，衍生詞也請熟記。 倒 **diversity** (n.) 多樣性。**diversify** (v.) 多元化經營 ⑩ **diversify into new business areas** 　　擴展到新的商業領域
transaction [træn`zækʃən] (n.) 交易	用在銀行指的是「存提款」或「匯款」；用在店家則是指「購買商品」等個人交易行為。
lack [læk] (n.) 不足 (v.) 缺少	動詞用法也會考。 ⑩ **people who lack confidence** 缺乏自信的人 ⑮ **shortage** (n.) 不足、短缺
essential [ɪ`sɛnʃəl] (a.) 必要的、不可或缺的；本質上的	倒 **essence** (n.) 本質；精隨 　　**essentially** (adv.) 實質上、基本上 ⑮ **indispensable**、**integral** (a.) 不可或缺的
majority [mə`dʒɔrətɪ] (n.) 多數、大部分	倒 **major** (a.) 主要的、大的、較重要的 ⑩ **a major reason** 主要原因 　　**major repairs** 重大修理

🎧060

601

o------- a trend

觀察趨勢

602

p------- knowledge

具備知識

603

Sales rose s------.

業績急遽提升。

604

make a------s to the plan

調整計畫

605

I prefer an a------ seat.

我想坐靠走道的座位。

606

Photographs c------ memorable moments in life.

照片記錄人生回憶的瞬間。

607

The committee c------s of five members.

委員會由五個人組成。

608

Teaching experience is d------.

有教學經驗佳。

609

a h------ used bus route

使用頻繁的公車路線

610

i------ a possibility

調查可能性

observe [əb´sɝv] (v.) 觀察；遵守	例 observe a procedure 遵照步驟 衍 observation (n.) 觀察 　　observance (n.) 遵循法律或傳統 例 in observance of the national holiday 　　按國定假日放假的
possess [pə´zɛs] (v.) 擁有（財產、所有物）；具有	衍 possession (n.) 所有物、財產 似 have、own (v.) 擁有
sharply [´ʃɑrplɪ] (adv.) 急遽地、突然地	形容折線圖中劇烈波動時線條呈現尖銳的感覺。形容詞 sharp「猛烈的」也很重要。 例 a sharp increase in sales 業績急遽上升
adjustment [əd´ʒʌstmənt] (n.) 調整、調節	指「調整到 just（剛剛）好」。 衍 adjust (v.) 調節；適應
aisle [aɪl] (n.) 走道	關 window seat 靠窗座
capture [´kæptʃɚ] (v.) 紀錄；捕捉	在多益當「（用圖照或文章）紀錄」比當「逮捕；捕獲」更常見。
consist [kən´sɪst] (v.) 由⋯組成	固定搭配介系詞 of 的用法請熟記。 似 be composed of 由⋯組成
desirable [dɪ´zaɪrəbl] (a.) 合意的	與相似詞 preferred 以及 preferable 常出現在徵才題目，指「有的話更好」，而非「必備條件」，這點請留意。
heavily [´hɛvɪlɪ] (adv.) 密集地、大量地	表程度或頻率之高的副詞。 關 a heavily promoted item 重點促銷商品
investigate [ɪn´vɛstə͵get] (v.) 調查	指進行組織性或有科學根據的調查。 衍 investigation (n.) 調查 似 look into 調查

🎧061

611

take the m------s of a table
測量桌子尺寸

612

an u------- request
緊急請求

613

the c------- counter
結帳櫃檯

614

d------- **of garbage**
丟垃圾

615

m------- a contract
修改合約

616

open an o------- in Japan
在日本開暢貨中心

617

ask for a p-------
要處方箋

618

S------- downtown, the hotel is convenient.
那間飯店位於市中心，相當方便。

619

S-------, Tex passed the exam.
特克斯出乎意料通過考試。

620

t------- a train station <u>into</u> a museum
將火車站改造成博物館

measurement [ˋmɛʒəmənt] (n.) 尺寸；測量	衍 **measure** (v.) 測量 似 **dimension** (n.) 大小 例 **What are the dimensions of the room?** 這個房間多大？
urgent [ˋɝdʒənt] (a.) 緊急的	衍 **urgently** (adv.) 緊急地
checkout [ˋtʃɛk͵aʊt] (n.) 結帳；退房	**the checkout counter** 如果在圖書館就是指「流通櫃檯」。 關 **cashier** (n.) 收銀員
dispose [dɪsˋpoz] (v.) 清除掉、處理掉	似 **discard** (v.) 丟棄 衍 **disposal** (n.) 清除、除理 **disposable** (a.) 用完即丟的、一次性的
modify [ˋmɑdə͵faɪ] (v.) 稍作修改、改正	衍 **modification** (n.) 修改 似 **change**、**alter** (v.) 改變。**adopt** (v.) 使適合 **transform** (v.) 改變、將…改造 **convert** (v.) 轉變、轉換
outlet [ˋaʊt͵lɛt] (n.) 暢貨中心；插座	也有「電源插座」和「宣洩出口」的意思，在多益最常作「暢貨中心」，指製造商不透過經銷商或專賣店，直接在 **outlet** 販售自家庫存或過季商品給消費者，因此價格較優惠。
prescription [prɪˋskrɪpʃən] (n.) 處方箋	出現在 **Part 3-4** 的藥局對話或醫院語音留言。
situated [ˋsɪtʃʊ͵etɪd] (a.) 位於（某處）的	**situated** 和同義詞 **located** 常以過去分詞的形式出現在句首。此單字也在 **Part 1** 照片敘述考過，須留意。
surprisingly [səˋpraɪzɪŋlɪ] (adv.) 出乎意料地	除了修飾子句，也修飾形容詞。 例 **a surprisingly difficult task** 極度困難的任務 衍 **surprising** (a.) 驚人的
transform [trænsˋfɔrm] (v.) 轉變、將…改造	指「身形、形狀、性質等大幅改變」，後面常接介系詞 **into**。 衍 **transformation** (n.) 變化 似 **turn** *A* **into** *B* 把 A 變成 B

062

621

u------- **major renovations**

執行大規模改裝

622

the b------s **for the new theater**

新劇場的設計圖

623

b------- **the company's profit**

提高公司利潤

624

c------- **lower prices**

非常便宜的價錢

625

e------- **a risk**

排除風險

626

available e------ **to our members**

會員獨享

627

The pipe under the sink is l------ing.

水槽下方的水管正在漏水。

628

p------- **results from a survey**

問卷調查初步結果

629

a s------ **design**

精密的設計

630

the most recent s------

最新的統計資料

undergo [ˌʌndɚˋgo] (v.) 經歷;接受(檢查、修理等)	指在底下(under)進行(go)檢查、改裝等必要程序。
blueprint [ˋbluˏprɪnt] (n.) 設計圖、藍圖	偶爾會出現在 Part 3-4 修改設計圖或提交設計圖的聽力題。
boost [bust] (v.) 提高、推動 (n.) 增強、提高	名詞用法也會考。 例 a major boost to the economy 大幅提昇經濟
considerably [kənˋsɪdərəblɪ] (adv.) 非常、相當	表程度之高的相似詞還有:significantly、substantially、markedly。 衍 considerable (a.) 相當多的
eliminate [ɪˋlɪməˏnet] (v.) 排除;(比賽)淘汰	一對一的戰鬥中,淘汰(eliminate)輸家、勝者晉級的「淘汰制」稱 elimination tournament。 似 remove (v.) 去除;取出
exclusively [ɪkˋsklusɪvlɪ] (adv.) 專有地、獨占地	原意為「將外者(ex)拒之門外(close)」。形容詞 exclusive「專有的、獨有的」也相當重要。 例 an exclusive fitness club 高級健身房 　　the exclusive right 獨占權
leak [lik] (v.)/(n.) 漏水	TOEIC 常考廚房漏水、車子或工廠漏油等文章。
preliminary [prɪˋlɪməˏnɛrɪ] (a.) 初步的、預備的	有「初步的」感覺。運動賽事的「分組預賽」稱為 preliminary round;賽季前的比賽稱作 preliminary match「初賽」。
sophisticated [səˋfɪstɪˏketɪd] (a.) 精密的;(人)老練世故的	也有「(機器或系統)操作複雜的」的意思。 例 sophisticated equipment 尖端設備
statistics [stəˋtɪstɪks] (n.) 統計資料;統計學	當「統計資料」或指學科「統計學」時,需用複數。 例 statistics show that 統計資料顯示… 衍 statistical (a.) 統計的 　　statistically (adv.) 統計上

🎧063

139

631

a v------- unit in an apartment building

公寓大樓裡的一間空房

632

e------- of payment

付款證明

633

a shopping e-------

外出購物

634

i------- a decision

影響結論

635

live in an o------- house

住在普通的屋子

636

r------- a proposal

駁回提案

637

t------- services to clients' needs

調整服務以符合顧客需求

638

a------- responsibilities

承擔責任

639

a previous e-------

已經有約了

640

achieve international f-------

獲得國際知名度

vacant [`vekənt] (a.) 空的、空著的	字首 vac- 有「空的」的意思，名詞 vacancy 指的是「職缺；空房」，動詞 vacate 則是「空出；使撤離」的意思。
evidence [`evədəns] (n.) 證據；證明	衍 **evident** (a.) 明顯的 似 **proof** (n.) 證明
excursion [ɪks`kɝʒən] (n.) 外出、短程出遊	指短程旅行、外出購物這種不超過一天的短途外出。 似 **getaway** (n.) 短期休假 　　**outing** (n.) 外出
influence [`ɪnfluəns] (v.)/(n.) 影響	衍 **influential** (a.) 有影響力的 例 **an influential newspaper** 具影響力的報紙
ordinary [`ɔrdə͵nεrɪ] (a.) 普通的、一般的	衍 **ordinarily** (adv.) 通常、一般來說 似 **common** (a.) 一般的；普通的 反 **extraordinary** (a.) 異常的；驚人的
reject [rɪ`dʒɛkt] (v.) 駁回、拒絕	似 **turn down** 拒絕 　　**deny** (v.) 否認
tailor [`telɚ] (v.) 修改、調整（以合乎需求）	tailor-made 指依個人需求量身訂做的訂製商品。
assume [ə`s(j)um] (v.) 承擔；以為；假設	當「以為」的用法也會考。 例 **I assumed that Betty was out.** 　　我以為貝蒂已經外出了。 似 **take on** 接受（工作）、承擔（責任）
engagement [ɪn`gedʒmənt] (n.) 約定；訂婚	約定好某個時間在某個場所進行某事的意思。 關 **engage in X** 參與 X；從事 X 衍 **engaging** (a.) 迷人的
fame [fem] (n.) 名聲	衍 **famous** (a.) 著名的 似 **renown** (n.) 名聲

🎧064

641

a m------- increase in price

價格微幅上漲

642

apply for a p-------

申請專利

643

The company is p-------ing a new market.

公司正在尋求新市場。

644

a r------- mountain village

偏遠的山村

645

r------- the cause of the problem

揭露問題原因

646

a housing a-------

住宅津貼

647

Innovation is c------- for business success.

技術革新對公司成功而言至關重要。

648

a d------- career as a journalist

從事新聞記者的非凡資歷

649

I'm sorry to d------- you.

不好意思打擾您。

650

Applicants must be f------- in Mandarin.

申請者需中文流利。

modest [ˈmɑdɪst] (a.) 中規中矩的；不貴的；謙虛的	not large、not expensive 的意思。 例 a modest hotel 中價位的飯店
patent [ˈpætənt] (n.) 專利	關 copyright (n.) 著作權
pursue 答：pursuing [pəˈs(j)u] (v.) 追求	花時間尋求某物的意思。 衍 pursuit (n.) 追求
remote [rɪˈmot] (a.) 偏僻的；微乎其微的	本意是「非常遠的」。可在遠處控制物品的是遙控器（remote control）。當「微乎其微的」意思也會考。 例 a remote chance 微乎其微的機會
reveal [rɪˈvil] (v.) 揭露	指揭發不為人知的過去，也可接子句。 似 unveil (v.) 揭開 disclose (v.) 公開
allowance [əˈlaʊəns] (n.) 津貼、零用錢；允許額	關 relocation allowance 調動津貼 travel allowance 出差津貼 baggage allowance 行李限重
crucial [ˈkruʃəl] (a.) 至關重要的	相似詞有：critical、essential、pivotal、vital。
distinguished [dɪˈstɪŋgwɪʃt] (a.) 卓越的	指因成績優秀或風評良好而受人尊敬的樣子。 衍 distinguish (v.) 區別
disturb [dɪˈstɜb] (v.) 打擾、使心神不寧	指中途妨礙。 衍 disturbance (n.) 打擾、打斷 似 interfere (v.) 妨礙、干涉
fluent [ˈfluənt] (a.) 流利的	可流利說出、寫出某語言的意思。 衍 fluency (n.) 流利 fluently (adv.) 流利地

🎧065

651

f------ requirements

滿足必要條件

652

the o------ of the survey

問卷調查的目的

653

r------ employees <u>from</u> access<u>ing</u> the Internet

限制員工上網

654

Sales have been increasing s------.

業績穩定成長。

655

an a------ explanation

充分說明

656

the a------ of the value

估價

657

Mr. Kato a------s his success <u>to</u> luck.

加藤先生把自己的成就歸功於運氣。

658

prepare an agenda b------

事先準備議程

659

a c------ task

具挑戰性的任務

660

Good luck in your future e------s.

期望大家往後的努力能有所回報。

fulfill [fʊlˋfɪl] (v.) 滿足；履行；實現	曾在 **Part 5-6** 與 **Part 7** 的代換題型考過，是重要單字。 ⑰ accommodate、meet (v.) 滿足
objective [əbˋdʒɛktɪv] (n.) 目的、目標	⑰ goal、target、object (n.) 目標 　　purpose (n.) 目的
restrict [rɪˋstrɪkt] (v.) 限制	句型 restrict X from *doing*「限制 X 不要做⋯」請熟記。 ⑰ restriction (n.) 限制 ⑭ size restrictions 尺寸限制
steadily [ˋstɛdəlɪ] (adv.) 穩定地	形容詞 steady「穩定的」也常考。 ⑭ steady economic growth 穩定的經濟成長
adequate [ˋædəkwɪt] (a.) 充足的；適當的	⑰ adequately (adv.) 適當地；足夠地 ⑰ satisfactory (a.) 令人滿意的 　　acceptable (a.) 可接受的
assessment [əˋsɛsmənt] (n.) 評估；估價	⑰ evaluation (n.) 評價 　　appraisal (n.) 估價、鑑定
attribute [əˋtrɪbjut] (v.) 歸咎於、歸功於	熟記句型 attribute A〈結果〉to B〈原因〉「將 A 歸因於 B」，類似用法 credit A to B「將 A 歸功於 B」。
beforehand [bɪˋforhænd] (adv.) 提前、事先	與副詞片語 in advance「事先、預先」同義。
challenging [ˋtʃæləndʒɪŋ] (a.) 具挑戰性的	⑰ challenge (n.)/(v.) 挑戰、質疑 ⑭ challenge the conventional wisdom 　　挑戰傳統觀念
endeavor [ɪnˋdɛvɚ] (n.)/(v.) 努力、奮力	⑰ effort (n.) 努力

🎧066

145

661

an i------ speech

鼓舞人心的演講

662

make r------ progress

有驚人的進步

663

take safety m------s

採取安全措施

664

The company is s------ing to survive.

公司正在奮鬥以求生存。

665

the w------ level

工資水平

666

a------ to a new work environment

適應新的職場環境

667

set an a------ goal

設定雄遠目標

668

I am c------ of doing the job.

我有能力從事這份工作。

669

have serious c------s

招致嚴重的後果

670

i------ a fee on customers

向顧客徵收費用

inspiring [ɪnˈspaɪrɪŋ] (a.) 激勵人心的、啟發靈感的	囲 inspire (v.) 激勵、鼓舞 inspiration (n.) 靈感；鼓舞人心的人事物
remarkable [rɪˈmɑrkəbl] (a.) 驚人的、引人注目的	曾出現在單字題。 囚 surprising、amazing (a.) 驚人的 extraordinary、phenomenal (a.) 非凡的
measure [ˈmɛʒɚ] (n.) 措施；手段 (v.) 測量；評定	動詞用法也會考。 例 measure employee performance 評定員工表現 例 cost-cutting measures 降低成本措施 preventive measures 預防措施
struggle 答：struggling [ˈstrʌɡl] (v.) 奮鬥；掙扎	為了解決困難付出努力的意思。不及物動詞，除了接不定詞 to 的用法外，請熟記以下句型 struggle with X「與 X 打鬥、抗爭」、struggle for Y「為了 Y 奮鬥」。
wage [wedʒ] (n.) 工資	主要指工廠或服務業的時薪、日薪或週薪。
adapt [əˈdæpt] (v.)（使）適應；改編	除了句型 adapt A to B「使 A 適應 B」，當及物動詞的用法也很重要。「改編、翻拍」的意思也請熟記。 例 The film is adapted from a novel. 該電影改編自小說。
ambitious [æmˈbɪʃəs] (a.)（計畫）雄遠的；胸懷大志的	形容想法或計畫是需要相當大的努力才能達成的，也可形容人「胸懷大志、野心勃勃的」。 例 ambitious young people 胸懷大志的年輕人 囚 aspiring (a.) 野心勃勃的
capable [ˈkepəbl] (a.) 有能力的	請熟記片語 be capable of *doing*「有能力從事…」。 囲 capability (n.) 能力 囚 competent (a.) 能幹的、有能力的 例 a competent manager 能幹的經理
consequence [ˈkɑnsə͵kwɛns] (n.) 後果	副詞 consequently「因此」常出現在 Part 6-7。 囚 result、outcome (n.) 結果
impose [ɪmˈpoz] (v.) 徵收；強加；強制實行	原意有「放置在上方」，即把重物強加於對方身上的意思。

🎧067

671

the former and the l------
前者與後者

672

the daily o------ of a factory
工廠一天的產量

673

p------ announce
自豪地宣布

674

a s------ supply of electricity
穩定供電

675

the t------ from school to work
從學校轉變到職場

676

without written c------
未經書面同意

677

produce d------ cars and trucks
生產性能可靠的的汽車與貨車

678

Mr. Kato is a d------ worker.
加藤先生是勤奮的員工。

679

i------ a point
說明重點

680

work i------ and as a team member
以獨立身分與團隊一員的身分工作

latter [ˈlætə] (n.) 後者	Part 7 閱讀有時會考前者與後者分別代表什麼。 關 respectively (adv.) 各自、分別
output [ˈaʊt‚pʊt] (n.) 產出	指人、機械和工廠所產出的量。 關 production volume 生產量 　　production capacity 生產力
proudly [ˈpraʊdlɪ] (adv.) 自豪地、得意洋洋地	此短句常出現在發表新品的聽力文章開頭。形容詞 proud「自豪的、驕傲的」也常考，例 We are proud of our services. 我們對自家服務感到自豪。 衍 pride (n.) 驕傲；(v.) 以…為豪
stable [ˈstebl] (a.) 穩定的	名詞 stability「穩定、穩定性」也很重要。 反 unstable (a.) 不穩定的 關 instability (n.) 不穩定。stabilize (v.) 使穩定下來 　　stabilization (n.) 穩定狀態
transition [trænˈzɪʃən] (n.) 轉變、變遷	TOEIC 偶爾會出現表現驚人的員工，短時間內達成「實習生→正式員工→部門主管→董事會成員→董事長」一連串的晉升。
consent [kənˈsɛnt] (n.) 同意、許可	關 consent form 同意書
dependable [dɪˈpɛndəbl] (a.) 可靠的	衍 depend (v.) 依賴。dependability (n.) 可靠性 似 reliable (a.) 可靠的。trusted (a.) 可信任的 關 dependence (n.) 依賴。dependent (a.) 依賴的
diligent [ˈdɪlədʒənt] (a.) 勤奮的、認真的	衍 diligently (adv.) 勤奮認真地 例 work diligently 勤奮工作
illustrate [ˈɪləstret] (v.)（用範例或圖表）說明	衍 illustration (n.) 解說用的插圖、圖表或照片 　　illustrated (a.) 附有插圖、圖表或照片的
independently [‚ɪndɪˈpɛndntlɪ] (adv.) 單獨地、獨立地	「不仰賴他人自力更生」的意思。當「獨立地」的用法也會考。 衍 independent (a.) 獨立的、自主的 例 an independent firm 獨立經營的公司

🎧068

681

the company's m-------
公司使命

682

m------- exercise
適度運動

683

the sales o-------
銷售前景

684

rapidly and p-------
迅速且正確地

685

a c------- effort
集中的努力

686

The hotel has a------- parking.
那間飯店有足夠的停車空間。

687

an a------- to the team
團隊資產

688

a c------- issue
具爭議性的議題

689

d------- sales
令人失望的業績

690

Tex was i------- in the project.
特克斯對該專案功不可沒。

mission [ˋmɪʃən] (n.) 使命、任務	指「重要任務」。電影《不可能的任務》*Mission Impossible* 的 mission 也是相同意思。 關 a mission statement 企業經營方針、企業理念
moderate [ˋmɑdərɪt] (a.) 適度的	不極端（ **not extreme** ）的意思。 衍 moderately (adv.) 適度地；中庸地 例 a moderately priced item 中價位商品
outlook [ˋaʊt‚lʊk] (n.) 前景、展望	當「觀點、看法」的意思也會考。 例 a positive outlook 樂觀的看法 似 forecast、prediction (n.) 預測
precisely [prɪˋsaɪslɪ] (adv.) 精準地	衍 precise (a.) 精確的 precision (n.) 正確性 似 accurately (adv.) 正確地
concentrated [ˋkɑnsɛn‚tretɪd] (a.) 集中的；濃縮的	當「濃縮的」的意思也會考。 例 concentrated juice 濃縮果汁 衍 concentrate (v.) 集中。concentration (n.) 集中、聚集 例 a high concentration of restaurants 餐廳集中區
ample [ˋæmpl] (a.) 足夠的、充裕的	相似詞有 adequate、enough、sufficient。
asset [ˋæsɛt] (n.) 資產；有用的人事物	指金錢等資產，或有價值的人事物、長處等。Part 7 推薦函閱讀文章常出現此單字。
controversial [‚kɑntrəˋvɝʃəl] (a.) 爭議性的	衍 controversy (n.) 爭論
disappointing [‚dɪsəˋpɔɪntɪŋ] (a.) 令人失望的	人當主詞時則用 disappointed「感到失望的」。 例 We are disappointed with the result. 我們對結果很失望。 衍 disappointingly (adv.) 令人失望地 例 disappointingly low sales 令人失望的慘澹業績
instrumental [‚ɪnstrəˋmɛntl̩] (a.) 起關鍵作用的	對音樂演奏有關鍵作用的則是 instrument「樂器」。

🎧069

151

691

without i------
不間斷地

692

from a broad p------
從廣泛的觀點來看

693

the s------ **of the study**
研究範圍

694

s------ **from industry experts**
業界專家的推測

695

s------ **income by writing books**
靠寫書填補收入

696

We are really u------.
我們真的人手不足。

697

The CEO r------ **appears in public.**
總裁鮮少在公開場合露面。

698

use c------
小心使用

699

l------ **to limit the use of drones**
立法限制空拍機使用

700

a l------ **choice**
合理的選擇

interruption [ˌɪntəˈrʌpʃən] (n.) 中斷	動詞 interrupt「打斷、中斷」也是重要單字。 例 Sorry to interrupt. 不好意思打擾一下。 相似詞 disruption「中斷、擾亂」也曾考過。
perspective [pəˈspɛktɪv] (n.) 觀點、看法	原意是「透過（per）看（spec）」。 似 perception (n.) 見解、看法；感受 例 the public's perception of the company 　大眾對該公司的觀感
scope [skop] (n.) 範圍、領域	似 range (n.) 範圍
speculation [ˌspɛkjuˈleʃən] (n.) 猜測、推斷	Part 5 的單字題型曾考過。 衍 speculate (v.) 猜測、推斷
supplement [ˈsʌpləmənt] (v.) 填補 (n.) 附錄；補充；補給品	名詞用法也會考。 例 the Sunday supplement 週日副刊
understaffed [ˌʌndəˈstæft] (a.) 人手不足的	指員工（staff）低於（under）必要人數。 似 short-staffed (a.) 人手不足的
rarely [ˈrɛrlɪ] (adv.) 很少；難得	衍 rare (a.) 罕見的 似 seldom (adv.) 很少 　hardly (adv.) 幾乎不
caution [ˈkɔʃən] (n./v.) 小心；警告	相關衍生詞也很重要。 衍 cautious (a.) 小心謹慎的 　cautiously (adv.) 小心謹慎地 似 alert (v.) 使警覺；(n.) 警報
legislation [ˌlɛdʒɪsˈleʃən] (n.) 立法	TOEIC 還沒出現過空拍機（camera drone），但和智慧型手機一樣，假以時日會考出來。 衍 legislate (v.) 立法
logical [ˈlɑdʒɪkl] (a.) 合理的、合邏輯的	指「以合理原因或正當想法為基礎的」。 似 reasonable (a.) 合乎情理的 　sensible (a.) 明智的

🎧070

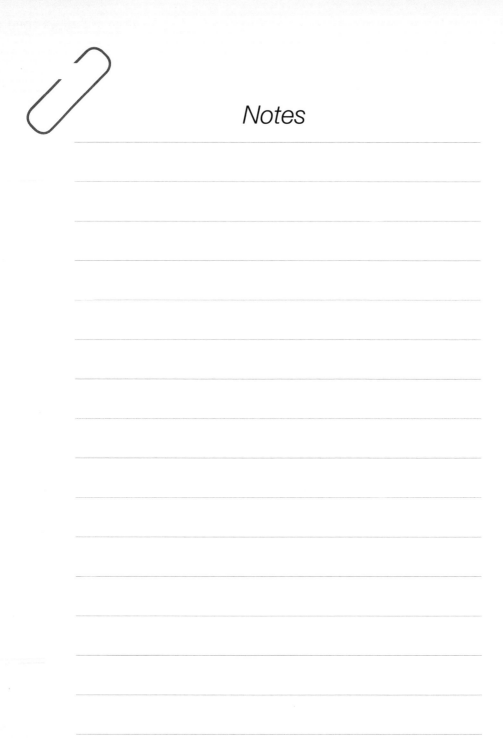

Notes

Level 3

前進860分

加速
200單

701

a l------ business

伐木業

702

the r------ side

反面

703

Attendance is v------.

自由參加。

704

a construction c------

建築承包商

705

The company has an o------ childcare center.

公司有內部托嬰中心。

706

a c------ list of products

一份完整的產品清單

707

c------ documents

機密文件

708

e------ in computer programming

電腦程式語言專門知識

709

one of Tokyo's p------ restaurants

東京頂級餐廳之一

710

a s------ shop

紀念品商店

lumber [ˈlʌmbɚ] (n.) 木材、木料	lumber 是用在建築或傢俱的加工木材,是 Part 7 閱讀常考單字。 同 timber (n.) 木材、木料
reverse [rɪˈvɝs] (a.) 相反的	在 Part 7 常是 back「背面」的另一種說法。
voluntary [ˈvɑlənˌtɛrɪ] (a.) 自願的、志願的	衍 volunteer (n.) 志工;(v.) 自願做、志願服務 　voluntarily (adv.) 主動地、自願地 例 voluntarily leave a company 主動離職
contractor [ˈkɑntræktɚ ; kənˈtræktɚ] (n.) 承包商	指簽立契約(contract)承包業務的業者。 關 general contractor (n.) 總承包商
on-site [ɑnˈsaɪt] (a.)/(adv.) 公司內部的;現場的	「在那個場所(site)上(on)」的意思。 反 off-site (a.)/(adv.) 在公司外的;現場以外的 似 in-house (a.) 組織內部的
comprehensive [kɑmprɪˈhɛnsɪv] (a.) 全面性的、綜合的	有「包含所有需要的東西」之意。 例 comprehensive review 全面性的檢討 　a comprehensive guide 綜合指南
confidential [kɑnfɪˈdɛnʃəl] (a.) 機密的	衍 confidentiality (n.) 機密 例 confidentiality agreement 保密合約
expertise [ˌɛkspɚˈtiz] (n.) 專門知識	指專家(expert)所擁有的技能或知識。Part 5 句子填空考過,是重要商業用語。 衍 expertly (adv.) 熟練地 似 professionalism (n.) 專業精神、專業水準
premier [ˈprimɪɚ] (a.) 頂級的、首位的	拼法相近的重要單字 premiere「(n.) 首演、首映;(v.) 首次演出」也曾出現在 Part 7。 例 the world premiere 全球首映
souvenir [ˌsuvəˈnɪr] (n.) 紀念品	Part 4 的簡短獨白常考,導遊在行程最後會帶團員去紀念品商店,團員可用折扣購買商品。 似 gift shop 禮品店

🎧071

711

r------- **trips**

泛舟行程

712

in the overhead c-------

上方收納櫃

713

check f------- **samples**

檢查布料樣品

714

a s------- **room**

寬敞的房間

715

make u-------s **to the air conditioning system**

升級空調系統

716

s------- **new products**

展示新產品

717

a c------- **train**

通勤列車（區間車）

718

e------- **customer service**

提升顧客服務

719

use a f------- **elevator**

使用貨物電梯

720

n------- **a colleague for an award**

提名同事為得獎候選人

rafting [ˋræftɪŋ] (n.) 泛舟	泛舟在 **TOEIC** 很常考，常見於套裝旅遊（package tour）行程文章中。
compartment [kənˋpɑrtmənt] (n.) 劃分的區塊、隔間	compartment 指區隔出來的空間，overhead compartment 常指飛機座位上方放置行李的空間，Part 4 聽力段落常考。
fabric [ˋfæbrɪk] (n.) 布、織物	圈 textile (n.) 紡織物 例 textile industry 紡織業
spacious [ˋspeʃəs] (a.) 寬敞的	有許多空間（space）的意思。 反 cramped (a.) 狹窄的
upgrade (n.) [ˋʌpɡred] / (v.) [ʌpˋɡred] (n.)/(v.) 改良、升級	動詞用法也會考。 例 upgrade a system 改良系統 圈 an upgraded computer 升級過的電腦
showcase [ˋʃo͵kes] (v.) 展示、陳列 (n.) 展示處、陳列櫃	動詞用法更常考。此單字有放進陳列櫃展示的含意。
commuter [kəˋmjutɚ] (n.) 通勤者	衍 commute (v.)/(n.) 通勤 圈 telecommuter (n.) 在家工作者
enhance [ɪnˋhæns] (v.) 提升、加強	enhance 的 hance 源自於 high，因此有「提升」的意思。此單字是及物動詞，後面直接接受詞。 衍 enhancement (n.) 提升、加強 似 bolster、strengthen (v.) 強化
freight [fret] (n.) 貨物；貨運；運費 (v.) 運送	當「貨運、運輸」的意思也會考。 例 ship by air freight 用空運運送 似 cargo (n.) 貨物
nominate [ˋnɑmə͵net] (v.) 提名（為候選人）；指名	TOEIC 考題中的企業經常表揚員工，常號召員工提名候選人。 衍 nomination (n.) 提名；入選作品或入選者

⌂072

159

721

a d------- appliance

停產的家電

722

a m------- program

師徒制

723

p------- service

個人化服務

724

work at a p-------

在藥局工作

725

an e------- from a meeting

會議摘要

726

p------- a book

宣傳書本

727

pay t------- fees

支付學費

728

in c------- with regulations

遵守規則

729

c------- the situation

釐清狀況

730

the m------- government

市政府

discontinued [dɪskən`tɪnjud] (a.) 停產的	原意為「不再（dis）繼續（continue）」，也就是「停止生產或販售」。
mentoring [`mɛntərɪŋ] (n.) 師徒制	指職場中前輩擔任 mentor「導師」協助新人的一對一輔導制度。此制度在 TOEIC 裡相當常見。 關 mentee (n.) 受指導者
personalized [`pɜsɳəlˌaɪzd] (a.) 個人化的；有寫名字的	指調整服務內容以符合個人（person）需求。 似 customized (a.) 特製的、訂作的、客製化的 關 customizable (a.) 可客製化的
pharmacy [`fɑrməsɪ] (n.) 藥局	關 pharmacist (n.) 藥劑師 衍 pharmaceutical (a.) 製藥的 例 pharmaceutical company 製藥公司
excerpt [`ɛksɝpt] (n.) 摘要；引用	Part 4 中常以「第 71-73 題與下次會議的摘要有關」的句子開頭，接著就會播放會議開頭與結束的對話。
publicize [`pʌblɪˌsaɪz] (v.) 宣傳	「向大眾（the public）傳遞資訊，使其知悉」的意思。Part 7 閱讀常考。 衍 publicity (n.) 宣傳、推廣；關注 例 gain publicity 引起注意
tuition [tjuˋɪʃən] (n.) 學費	在多益中，這個字不會出現在學生對話或是跟學生有關的文章，因為多益是商務人士考試，反而常在員工進修相關文章出現。
compliance [kəmˋplaɪəns] (n.)（法律、規則的）遵守	片語 in compliance with 等於動詞 comply with「遵守」，例 comply with the law 遵守法律 衍 compliant (a.) 服從的 例 be compliant with industry standards 服從業界規範
clarify [`klærəˌfaɪ] (v.) 釐清、澄清	是形容詞 clear「清楚的」的衍生動詞，「使事物變得清楚」之意。 衍 clarity (n.) 清楚明瞭
municipal [mjuˋnɪsəpḷ] (a.) 市政的、市立的	依上下文有「市立的」、「市府的」、「市政的」等解釋。

🎧073

731

Tex and Masaya, 16 and 18, r------

特克斯與瑪薩亞，分別是 16 歲與 18 歲

732

affordable yet d------

價格便宜但耐用

733

The tower is the town's l------.

那座塔是該鎮的地標。

734

Please include your p------.

請附上作品集。

735

r------s of the prize

獲獎人

736

a p------ of an aircraft

飛行器的原型

737

damage in t------

運送途中造成的損傷

738

v------ an account

認證帳號

739

experience at m------ level

管理職相關經驗

740

c------ institute

烹飪學院

respectively [rɪˋspɛktɪvlɪ] (adv.) 分別地	此單字出現在 **Part 7** 閱讀時，務必注意題目的「分別」所指的對象為何。這裡指 **Tex** 是 **16** 歲，**Masaya** 是 **18** 歲。
durable [ˋdjʊrəb!] (a.) 耐用的、堅固的	**yet** 在這裡是 **but** 的意思。 囧 **durability** (n.) 耐久性
landmark [ˋlænd͵mɑrk] (n.) 地標、知名景點；里程碑	指成為該地（**land**）特徵（**mark**）的建築物或事物，也可用來表示極具重要性的事件、決定或成績。 例 **a landmark decision** 指標性的決定
portfolio [pɔrtˋfolɪ͵o] (n.) 作品集；有價證券明細表	**portfolio** 還有「有價證券一覽表」和「投資組合」的意思，但在多益中最常當「作品集」的意思。本例句常出現在徵才文章中。
recipient [rɪˋsɪpɪənt] (n.) 收件人；獲獎者	指「收取（**receive**）的人」。當「收取信件或包裹的人」也會考。 囧 **receipt** (n.) 收據
prototype [ˋprotə͵taɪp] (n.) 樣品；原型	指量產品的原型。**aircraft** 泛指飛機、直升機、熱氣球等空中交通工具。
transit [ˋtrænsɪt] (n.) 運送	**TOEIC** 曾考過網購商品 **1** 個月後才送達，開箱後又發現商品受損的荒唐情事。
verify [ˋvɛrə͵faɪ] (v.) 認證、核對	確認是否有誤的意思。 囧 **verification** (n.) 認證、核對 例 **verification of age** 核對年齡
managerial [͵mænəˋdʒɪrɪəl] (a.) 經營的、管理的	「與經理（**manager**）相關的」的意思。常出現在 **Part 7** 的徵才文章。**Part 5** 句子填空也會考，會考和 **manageable**「可應付的、可處理的」的差別。
culinary [ˋkjulɪ͵nɛrɪ] (a.) 烹飪的	聽力的學校招生或人物介紹會考，請熟記發音。

074

163

741

Formal a------ **is required in the office.**

上班須穿著正式服裝。

742

r------ **travel expenses**

退還差旅費

743

The staff was c------.

工作人員很有禮貌。

744

a fully f------ **apartment**

附齊全傢俱的公寓

745

highly k------ **about investments**

對投資有豐富的知識

746

artists and c------

藝術家與工匠

747

d------ **unnecessary files**

刪除不需要的檔案

748

e------ **markets**

新興市場

749

e------ **in an aerobics class**

上有氧運動課

750

p------ **in English**

精通英文

attire [əˋtaɪr] (n.)（正式）服裝、衣著	此單字比 clothes「衣服」還正式。 關 **dress code** 著裝要求
reimburse [ˌriɪmˋbɜs] (v.) 償還、退還	常考單字，指公司事後支付員工因公事先墊付的錢。 名詞 reimbursement「歸還」也是常考單字。 例 **apply for travel reimbursement** 申請差旅費
courteous [ˋkɜtɪəs] (a.) 有禮貌的	在 Part 7 有時會作為 friendly 的另一種說法。 衍 **courteously** (adv.) 有禮貌地 　　**courtesy** (n.) 禮貌；禮節 似 **polite** (a.) 有禮貌的
furnished [ˋfɜnɪʃt] (a.) 附傢俱的	指附傢俱（furniture）的公寓，會出現在租屋或售屋廣告中。 衍 **furnishings** (n.) 　　室內陳設：指含窗簾與地毯在內的所有相關傢俱
knowledgeable [ˋnɑlɪdʒəbl] (a.) 知識淵博的、博學的	衍 **knowledge** (n.) 知識
craftspeople [ˋkræftzpipl] (n.) 工匠、手工藝者	似 **artisan**、**craftsman** (n.) 工匠、手工藝者
delete [dɪˋlit] (v.) 刪除	似 **omit** (v.) 省略 例 **omit details** 省略細節
emerging [ɪˋmɜdʒɪŋ] (a.) 新出現的、新興的	此單字有「以後會繼續成長、嶄露頭角」的意思，也可用來形容人。 例 **emerging young designers** 新銳設計師 衍 **emerge** (v.) 出現
enroll [ɪnˋrol] (v.) 登記、註冊、入會或入學	正式入學或入班的意思。 衍 **enrollment** (n.) 入會、登記；登記人數 例 **high enrollment** 高入學率、高招生率 　　**enrollment fee** 會費、學費
proficiency [prəˋfɪʃənsɪ] (n.) 精通	指擁有某方面的高度技能或能力。 衍 **proficient** (a.) 精通的、精熟的

🎧075

165

751

take the s------ route
走景色秀麗的路線

752

s------ equipment
最新型的儀器

753

French c------
法國料理

754

a critically a------ movie
佳評如潮的電影

755

a c------ building inspector
有執照的建築檢查員

756

cold m------
感冒藥

757

give an o------
說明概要

758

heat-r------ glass
耐熱玻璃

759

give a s------ presentation
做一場非常棒的簡報

760

an a------ of books
一整排的書

scenic [ˋsinɪk] (a.) 風景優美的	關 **scenery** (n.) 風景 似 **picturesque** (a.) 景色如畫的
state-of-the-art [ˋstetəfðɚˋart] (a.) 最新型的、最先進的	似 **up-to-date** (a.) 最新的 **latest** (a.) 最新的 **cutting-edge** (a.) 最尖端的
cuisine [kwɪˋzin] (n.) 菜餚	指特定國家或地區的特色料理風格。
acclaimed [əˋklemd] (a.) 讚不絕口的	熟記片語 **critically acclaimed**「佳評如潮的、廣受好評的」。
certified [ˋsɝtəˏfaɪd] (a.) 有執照的；公認的	衍 **certify** (v.)（以書面）證明、證實 **certificate** (n.) 執照、證書；結業證書 **certification** (n.) 證明、資格
medication [ˏmɛdɪˋkeʃən] (n.) 藥物	似 **medicine** (n.) 藥 **drug** (n.) 藥；毒品
overview [ˋovɚˏvju] (n.) 概要、概況	簡潔說明重點的意思。 似 **outline** (n.) 概要 **summary** (n.) 摘要、大綱 **abstract** (n.) 摘要
resistant [rɪˋzɪstənt] (a.) 耐…的；抗…的	熟記句型 **resistant to X**「抵抗 X 的」，to 是介系詞。 衍 **resist** (v.) 抵抗。**resistance** (n.) 抵抗 關 **heatproof** (a.) 耐熱的 **waterproof**、**water-resistant** (a.) 防水的
superb [sʊˋpɝb] (a.) 非常棒的	衍 **superbly** (adv.) 出色地 例 **a superbly written book** 寫得非常精采的書 似 **excellent** (a.) 傑出的
array [əˋre] (n.) 一排、一大批	片語 **an array of**「一整排、一批、一群的」用來形容某物品以特定方式排列的樣子。

761

an i------- seminar

增長見聞的研討會

762

n------- delivery

全國配送

763

o------- TOEIC books

過時的多益書

764

a s-------s' meeting

股東大會

765

a travel v-------

旅行券

766

the restaurant a------- <u>to</u> the hotel

飯店隔壁的餐廳

767

in the previous c-------

前一次通信

768

liquid d-------

液體清潔劑

769

for the d------- of the event

於活動期間

770

The machine is still f-------.

那部機器仍正常運作。

informative [ɪnˈfɔrmətɪv] (a.) 資訊豐富的、增長見聞的	充滿有用的資訊（**information**）的意思。 似 **beneficial** (a.) 有益的 　**useful**、**helpful** (a.) 有用的
nationwide [ˈneʃən.waɪd] (a.) 全國的 (adv.) 在全國	範圍擴至全國各處的意思。副詞用法也會考。 例 **broadcast nationwide** 在全國播放
outdated [aʊtˈdetɪd] (a.) 過時的	似 **obsolete** (a.) 過時的、淘汰的
shareholder [ˈʃɛr.holdə] (n.) 股東	也就是持有（**hold**）股票（**share**）的人。 同 **stockholder** (n.) 股東
voucher [ˈvaʊtʃə] (n.) 兌換券	指可代替金錢作為交換商品或服務的票券。依上下文 有「住宿券、餐券、商品券」等解釋。 似 **coupon** (n.) 優惠券 　**gift certificate** 禮券
adjacent [əˈdʒesnt] (a.) 相鄰的	比 **next to**「在…隔壁」還正式的用語。 同 **adjoining** (a.) 隔壁的
correspondence [kɔrəˈspɑndəns] (n.) 通信聯繫	衍 **correspond** (v.) 與…一致；與…通信 　**corresponding** (a.) 對應的、相符的、一致的 　**correspondingly** (adv.) 因此；相應地 關 **correspondent** (n.) 特派記者
detergent [dɪˈtɜdʒənt] (n.) 洗潔劑	片 **laundry detergent** 衣物清潔劑、洗衣精
duration [djʊˈreʃən] (n.) 持續期間	熟記片語 **for the duration of...**「在…期間」。
functional [ˈfʌkʃənəl] (a.) 正常作用的；實用的	當「實用的（比起設計更重視功能的）」也很重要。 例 **a functional printer** 實用的印表機 似 **operational** (a.) 運轉上的；經營上的

🎧077

169

771

h------ training

實作訓練

772

a three-day i------ training seminar

為期三天的密集訓練課程

773

a l------ change

最後一刻更改

774

I'm t------ to see you.

很高興見到您。

775

a s------ sunset

壯觀的日落

776

a young e------

年輕企業家

777

an i------ course

入門課程

778

m------ costs and maximize profits

壓低成本，提高利潤

779

a p------ award

頗具聲望的獎項

780

a s------ of a film

電影上映

hands-on [ˈhændzˈɑn] (a.) 實作的、親自實踐的	指不單只是觀摩與聽講，會實際動手做。 似 firsthand (a.)/(adv.) 第一手的；直接的 例 firsthand experience 親身經歷
intensive [ɪnˈtɛnsɪv] (a.) 密集的	會出現在 Part 7 新進員工訓練相關的閱讀文章。
last-minute [ˈlæstˈmɪnɪt] (a.) 緊急關頭的、最後一刻的	TOEIC 常考航班或預約在最後一刻更改的文章。
thrilled [θrɪld] (a.) 非常興奮的、雀躍的	指 very excited「非常興奮的」的意思。注意，不是 「恐怖」的意思。
spectacular [spɛkˈtækjələ] (a.) 壯觀的、令人驚嘆的	似 amazing、stunning (a.) 驚人的 extraordinary (a.) 非凡的
entrepreneur [ˌɑntrəprəˈnɝ] (n.) 企業家、創業家	衍 entrepreneurial (a.) 企業家的 關 venture (n.) 新事業
introductory [ˌɪntrəˈdʌktərɪ] (a.) 入門的；首次的	關 introductory price 試賣價、嘗鮮價
minimize [ˈmɪnəˌmaɪz] (v.) 使降到最低	衍 minimum (n.) 最低限度；(a.) 最低的 例 a minimum of ten years 最少 10 年 反 maximize (v.) 使最大化 關 maximum (n.) 最大限度；(a.) 最大的
prestigious [prɛsˈtɪdʒɪəs] (a.) 有威望的、享有盛名的	Part 4 獨白的獲獎致詞開頭會考，Part 5 的詞性題也 會出。
screening [ˈskrinɪŋ] (n.) 上映；檢查	當「檢查」的用法也會考。 例 security screening 安全檢查 關 preview (n.) 試映會

∩078

171

781

a------s such as gyms and swimming pools

如健身房與游泳池等娛樂設施

782

a l------ process

漫長的過程

783

You will be c------d for the damage.

你會獲得損害賠償。

784

I have m------d my phone.

我弄丟了手機。

785

a n------ feature

顯著的特徵

786

a s------ of a Japanese company

日本企業的子公司

787

a------ works of art

真正的藝術作品

788

a d------ parking area

指定的停車處

789

cause d------ to traffic

引發交通混亂

790

f------ items

易碎物品

amenity 答：amenities [ə`mɛnətɪ] (n.) 讓生活更便利（舒適）的設施	多用複數。依上下文有多種解釋，但在多益測驗中，主要當「使住房更舒適的飯店設施」這個用法。
lengthy [`lɛŋθɪ] (a.) 漫長的、冗長的	🔁 lengthen (v.) 延長 　length (n.) 長度
compensate [`kɑmpən͵set] (v.) 補償	名詞 compensation 除了當「補償」外，當「薪水」的用法也相當重要。例 compensation package 薪資總額：指薪水、獎金、津貼、年金、保險以休假等支付給員工的總和。
misplace [mɪs`ples] (v.) 弄丟；遺忘	**TOEIC** 考題常出現大方又健忘的人，像是把樂譜忘在計程車的音樂家，或是弄丟租賃合約書的住戶等。
notable [`notəb!] (a.) 顯要的、引人注目的；著名的	片語 be notable for「以…聞名」也相當重要。 🔁 notably (adv.) 特別 🔁 noteworthy (a.) 值得注意的 🔁 noted (a.) 著名的、眾所皆知的
subsidiary [səb`sɪdɪ͵ɛrɪ] (n.) 子公司	指在大公司（母公司）下面（**sub**）的公司。
authentic [ɔ`θɛntɪk] (a.) 真正的、正宗的	也有「正宗的」的意思。 例 authentic Japanese food 正宗日本料理 🔁 authenticity (n.) 真實性
designated [`dɛzɪg͵netɪd] (a.) 指定的	常出現在 **Part 4** 廣播內容，如「停車場施工中，請員工將車輛停放在大樓指定停車處。」順帶一提，棒球的 **DH**（指定打擊手）是 designated hitter 的略稱。
disruption [dɪs`rʌpʃən] (n.) 擾亂、中斷	🔁 disrupt (v.) 擾亂、中斷 　disruptive (a.) 引起混亂的 🔁 disturbance (n.) 干擾、紛亂 　interruption (n.) 打斷、中止
fragile [`frædʒəl] (a.) 易碎的、脆弱的	「易碎物」的標籤在英文是用「FRAGILE」表示。 🔁 breakable (a.) 易碎的 　vulnerable (a.) 脆弱的、易受影響的、易受傷的 　susceptible (a.) 易受影響的、易受傷的

791

an o------- project

進行中的專案

792

publish a p-------

出版期刊

793

call a p-------

打電話給水管工

794

i------- a fine

遭罰款

795

o------- a department

監督部門

796

r------- the data

檢索資料

797

attend a class r-------

參加同學會

798

a r------- testing process

嚴謹的測試步驟

799

s-------s for the project

專案的詳細計畫書

800

a t------- schedule

暫定時間表

ongoing [ˈɑnˌɡoɪŋ] (a.) 進行中的	持續（**going on**）的意思。 例 ongoing negotiations 進行中的協商或談判
periodical [ˌpɪrɪˈɑdɪkəl] (n.) 期刊	固定每隔一段期間（**period**）發行的專刊。 衍 periodic (a.) 定期的。periodically (adv.) 定期 關 weekly (n.) 週刊。monthly (n.) 月刊
plumber [ˈplʌmɚ] (n.) 水管工	TOEIC 常考漏水相關對話，這時一定會出現這個單字。 ※plumber 的 b 不發音。
incur [ɪnˈkɝ] (v.) 遭受（損失或罰款）	指因自身行為招致負面結果，像是違規停車遭罰款等。
oversee [ˌovɚˈsi] (v.) 監督	原意為「從上面（**over**）看（**see**）」。指「作為團隊負責人，檢查工作是否有順利進行」。 似 supervise (v.) 監督
retrieve [rɪˈtriv] (v.) 檢索（電腦資訊）；取回	會出現在檔案要從故障的電腦中取出的文章中。順帶一提，Gold Retriever「黃金獵犬」是指協助取回擊落獵物的獵犬。
reunion [riˈjunɪən] (n.) 團聚	出現在 Part 7 時，可用此句來判斷兩人曾就讀同一所學校。
rigorous [ˈrɪɡərəs] (a.) 嚴謹的、縝密的	衍 rigorously (adv.) 嚴謹地
specification [ˌspɛsəfəˈkeʃən] (n.) 規格；詳細計畫（書）	指「記載交付日期、預算、內容等詳細條件的說明書」，也會用來表示商品價格或功能等資訊，即「商品規格」。
tentative [ˈtɛntətɪv] (a.) 暫時的、暫定的	「不是最終版」的意思。 衍 tentatively (adv.) 暫時性地；遲疑不決地 似 interim (a.) 　暫時的、過渡時期的；（營業年度）中期的 例 an interim report 中期報告

🎧080

175

801

an online t-------

線上輔導課

802

an a------- **technician**

實習技術員

803

make a b-------

投標

804

d------- **old paper**

丟棄舊文件

805

family o-------s

家族出遊

806

an o------- **positive response**

壓倒性的正面迴響

807

The p------- **will go to charity.**

收益會捐作慈善之用。

808

Please r------- **from** using **mobile phones.**

請勿使用手機。

809

i------- **weather**

險惡的天氣

810

n------- **cooks**

新手廚師

tutorial [tjʊˋtorɪəl] (n.) 輔導課；個別指導	指給想學習基本知識的人所上的課程，或是個別指導。
apprentice [əˋprɛntɪs] (n.) 實習；實習生	Part 4 聽力獨白常考人物介紹，如「我從實習生開始做起，後來晉升到管理階層」。
bid [bɪd] (n.)/(v.) 投標；出價、競價	公家機關進行工程前，會先找數家建築業者報價，最後由條件最好的公司獲得承包權，這種方式就是投標。拍賣會的「出價」也稱作 bid。
discard [dɪsˋkɑrd] (v.) 丟棄	TOEIC 考題中的公司會設立紙張減量目標，以休假作為獎勵。
outing [ˋaʊtɪŋ] (n.) 外出、出門	Part 1 照片敘述與 Part 7 閱讀考過，指觀光、運動或購物等休閒取向的外出。 囫 excursion (n.) 短程旅行 　　getaway (n.) 短期休假
overwhelmingly [ˏovɚˋhwɛlmɪŋlɪ] (adv.) 壓倒性地	囝 overwhelming (a.) 壓倒性的 　　overwhelm (v.) 壓倒、使難以承受、擊敗
proceeds [ˋprosidz] (n.)（公益所得的）收益	恆用複數，為公益活動必考單字。 囷 proceedings (n.) 一系列的活動或事件（恆用複數）
refrain [rɪˋfren] (v.) 節制	熟記用法 refrain from *doing*「避免…」。注意，此字為不及物動詞，後不直接接名詞，也沒有被動。
inclement [ɪnˋklɛmənt] (a.) 天候惡劣的	TOEIC 常出現因各種理由封路的對話，如天氣險惡、道路施工、舉辦遊行或是拍攝電影等，Part 4 的聽力廣播常出現此單字。
novice [ˋnɑvɪs] (n.) 新手	常出現在 Part 7 如新手須知、活動通知、書籍簡介等閱讀文章中。

081

177

811

a------- **a credit card**

幫信用卡開卡

812

personal a------s

個人軼事

813

work in c------ **with others**

與他人協同合作

814

c------ **an anniversary**

慶祝紀念日

815

a d------ **key**

備用鑰匙

816

during the i------

在休息時間

817

recycle food waste to make f------

回收廚餘來製作肥料

818

p------ **an article**

校對文章

819

s------ **donations**

請求捐款

820

u------ **a new product**

公開新商品

activate [`æktɪ.vet] (v.) 活化；啟用	指「使之進入 active（在運行中的；有效的）狀態」。出現在 Part 7 信用卡開卡相關文章。
anecdote [`ænɪk.dot] (n.) 軼事	會出現在自傳書的評論或是演講內容介紹。
collaboration [kə.læbə`reʃən] (n.) 合作、協力	衍 collaborate (v.) 合作、協力 　collaborative (a.) 合作的、協同的 　collaboratively (adv.) 合作地 似 cooperation (n.) 合作
commemorate [kə`mɛmə.ret] (v.) 紀念、緬懷	指舉辦儀式以紀念重要事件或偉大人物。 衍 commemoration (n.) 紀念（活動） 　commemorate (a.) 紀念的
duplicate (a.) (n.) [`djupləkɪt] / (v.) [`djuplə.ket] (a.) 複製的 (n.)/(v.) 複製	片 a duplicate copy 影本 似 reproduce (v.) 複製；重現
intermission [.ɪntə`mɪʃən] (n.) 休息時間	指戲劇或演唱會等的中場休息時間。
fertilizer [`fɝtl.aɪzə] (n.) 肥料	似 compost (v.) 將…製成堆肥；(n.) 堆肥
proofread [`pruf.rid] (v.) 校對	指檢查拼字、文法以及內容與事實是否符合的文字工作。 關 proofreader (n.) 校對人員
solicit [sə`lɪsɪt] (v.) 請求、懇求	請求他人協助或給予金錢，如募款或請求連署。 衍 solicitation (n.) 懇請 似 request (v.)/(n.) 請求
unveil [ʌn`vel] (v.) 揭曉、公開	「掀開面紗（veil）」的意思，相似詞也很重要。 似 reveal (v.) 顯示 　disclose (v.) 揭發

082

821

The rule is a------- <u>to</u> all employees.

這項規定適用於全體員工。

822

a letter to c------- an employee

表揚員工的信

823

The dessert c-------s the main dish.

甜點與主菜相得益彰。

824

offer i-------s to customers

給顧客誘因

825

i------- exercise <u>into</u> everyday life

將運動納入每天的生活

826

Don't let your membership l-------.

請勿讓會員資格失效。

827

a p------- village

風景如畫的村莊

828

p------- customers

潛在客群

829

s------- a system

簡化系統

830

s------- last year's sales

超越去年的業績

applicable [ˋæplɪkəbl̩] (a.) 適用的、生效的	衍 application (n.) 應用；申請 ※ 動詞 apply 請見多義詞 p. 242。
commend [kəˋmɛnd] (v.) 表揚	常出現在讚賞員工的信件開頭，文法題也常考其衍生詞。與拼字相近的 command「命令」需區分清楚。 衍 commendable (a.) 值得讚許的 　　commendably (adv.) 值得讚許地 　　commendation (n.) 稱讚
complement [ˋkɑmpləmənt] (v.) 補足	「補足缺點，讓優點浮現」的意思。區分拼法相似的 compliment「讚美」。
incentive [ɪnˋsɛntɪv] (n.) 誘因、激發幹勁的事物	指打折、贈品或紅利等會激發購物的事物。
incorporate [ɪnˋkɔrpə͵ret] (v.) 融入	熟記句型 incorporate A into B「把 A 納入 B」。 似 include (v.) 包含 　　integrate (v.) 統整 　　embrace (v.) 欣然接受、採納
lapse [læps] (v.) 失效；疏忽 (n.) 過失；時間間隔	指持續的事物因疏忽中斷，如會員資格失效、減肥期間暴飲暴食。忘記報考多益也是 lapse。
picturesque [͵pɪktʃəˋrɛsk] (a.) 景色如畫的	像畫（picture）一樣美麗的意思。
prospective [prəˋspɛktɪv] (a.) 有望的、即將成為的	指將來有可能成為顧客的人。 衍 prospect (n.)（好事發生的）可能或機會 例 the prospect of success 成功在望
simplify [ˋsɪmplə͵faɪ] (v.) 簡化	衍 simple (a.) 簡單的 　　simplified (a.) 簡化的 　　simplification (n.) 簡單化 關 simplified version 簡易版
surpass [səˋpæs] (v.) 超越	源自「通過（pass）上面（sur）」。 關 surface (n.) 表面（sur+face：上面那一面） 　　surcharge (n.) 額外費用（sur+charge：上面的費用） 似 exceed (v.) 超過（數量）

083

181

831

s------- **promotional materials**

剩餘的宣傳品

832

w------- **high temperatures**

耐高溫

833

an a------- **for energy efficiency**

節約能源的支持者

834

an a------- **writer**

志在當作家

835

a------- **fruits and vegetables**

什錦蔬果

836

excellent c------- **as a scientist**

身為科學家的優秀經歷

837

i------- **mail**

公司內部信件

838

a machine m-------

機器故障

839

a m------- **beneficial relationship**

互利關係

840

check the website p-------

定期檢查網站

surplus [ˋsɝpləs] (a.) 剩餘的、過剩的 (n.) 剩餘；盈餘	名詞用法也會考。 例 budget surplus 預算結餘 似 excessive (a.) 過度的、過多的 　　excess (n.) 過量；(a.) 過多的；額外的
withstand [wɪðˋstænd] (v.) 禁得起	在 TOEIC 中出現的產品品質都很優良，禁得起極端狀況。
advocate (n.) [ˋædvəkɪt] (v.) [ˋædvəˌket] (n.) 提倡者、支持者 (v.) 提倡	動詞用法也會考。 例 The CEO advocates for energy efficiency. 　執行長提倡節約能源。
aspiring [əˋspaɪrɪŋ] (a.) 以…為志願的	用來形容期望能在某方面有所成就的人。 衍 aspire (v.) 追求、有志做 似 ambitious (a.) 有野心的
assorted [əˋsɔrtɪd] (a.) 各式各樣的、混雜的	似 assortment (n.) 混和、混雜
credentials [krɪˋdɛnʃəls] (n.) 資格、經歷	指證明個人能力的資格、學歷或成績。恆用複數，與 certificate「證照」為相似詞，但 credentials 也可以指無形的資歷。 似 qualification (n.) 資格。ability (n.) 能力
interoffice [ˌɪntɚˋɔfɪs] (a.) 公司內的、辦公室內的	「在辦公室與辦公室之間的」的意思。
malfunction [mælˋfʌŋkʃən] (n.)/(v.) 故障	字首 mal- 是 bad 的意思。
mutually [ˋmjutʃʊəlɪ] (adv.) 互相、彼此	衍 mutual (a.) 相互的、共同的 例 mutual benefit 互利、互惠
periodically [ˌpɪrɪˋɑdɪkəlɪ] (adv.) 定期地	指「間隔一定期間（period）」。 衍 periodic (a.) 定期的 關 periodical (n.) 期刊 似 regularly (adv.) 定期地

🎧084

841

c------- law

著作權法

842

affordable and n------ dishes

便宜且營養的菜餚

843

o------- the view

擋住視線

844

a------- opportunities for career advancement

提升職能的充足機會

845

The weather in Auckland is quite a------.

奧克蘭的天氣相當宜人。

846

reach a c------

達成合解

847

c------ improvement of quality

持續改善品質

848

a d------ position in the market

市場的優勢地位

849

I was e------.

我精疲力竭。

850

f------ competition

激烈競爭

copyright [ˋkɑpɪˏraɪt] (n.) 著作權；版權	關 **patent** (n.) 專利 關 **copyright infringement** 侵犯著作權
nutritious [njuˋtrɪʃəs] (a.) 有營養的	衍 **nutrition** (n.) 營養
obstruct [əbˋstrʌkt] (v.) 阻擋（道路或視線）	衍 **obstruction** (n.)（擋住道路或視線的）障礙物 例 **All fire exits are clear of obstructions.** 　所有逃生口都沒有障礙物。
abundant [əˋbʌndənt] (a.) 豐富的、充足的	指數量非常多。此單字還有 **abundant natural resources**「豐富的天然資源」的用法。
agreeable [əˋgriəb!] (a.) 宜人的；友善的；可接受的	當「（人）友善的」或「欣然同意」的意思也會考。 例 **an agreeable person** 和藹可親的人 　**agreeable price** 可接受的價格
compromise [ˋkɑmprəˏmaɪz] (n.)/(v.) 妥協、合解	當動詞除了當「妥協」外，也有「損害（名聲或評價）」的意思，出現在同義詞題型時需特別留意。
continuous [kənˋtɪnjʊəs] (a.) 不間斷的、連續的	相似詞 **continual**「頻繁的」指的是斷斷續續、頻繁發生，**continuous** 則是形容動作連續進行、沒有中斷。打個比方，經常吠叫的狗會用 **continual**，河水流動則是用 **continuous** 來形容。
dominant [ˋdɑmɪnənt] (a.) 支配的、占優勢的	「壓過其他人」的意思。 衍 **dominate** (v.) 支配
exhausted [ɪgˋzɔstɪd] (a.) 精疲力竭的	與相似詞 **tired**「疲累的」一樣，表達「感到疲累」用 -ed。若要表示「令人精疲力竭的」，則使用 -ing，如 **exhausting work**「令人精疲力竭的工作」。
fierce [fɪrs] (a.) 激烈的	似 **intense** (a.) 劇烈的

∩085

851

a p------- town

繁榮的小鎮

852

the original q------

原始報價

853

What is the man r------ to do?

男子不願意做什麼事？

854

a r------ for slow sales

業績低迷的補救方案

855

be s------ responsible for the decision

對該決定全權負責

856

Good communication is v------ in the workplace.

良好的溝通在職場上不可或缺。

857

r------ a community

振興社區

858

Construction will c------ in September.

建造工程會在 9 月開始。

859

c------ times

無數次

860

d------ a method

構思方法

prosperous [ˈprɑspərəs] (a.) 繁榮的、富裕的	衍 prosperity (n.) 繁榮 似 thriving (a.) 繁榮的
quote [kwot] (n.)/(v.) 報價；引用	當「引用」的意思也會考。 例 a quote from an interview 引述自專訪 關 a quoted price 報價
reluctant [rɪˈlʌktənt] (a.) 不情願的	似 unwilling (a.) 不願意的
remedy [ˈrɛmədɪ] (n.) 補救方案；治療物 (v.) 改善；治療	原意是「治療患處」，也可當動詞使用。 例 remedy the situation 改善狀況 衍 remedial (a.) 改善的；治療的；輔導的
solely [ˈsolɪ] (adv.) 唯一地、單獨地	衍 sole (a.) 唯一的
vital [ˈvaɪtl] (a.) 非常重要的、不可或缺的	源自「生命（vit）」。同源單字還有 vitamin「維他命」、vitality「生命力」。句型 It is vital that〈子句〉需熟記。 似 essential、crucial (a.) 非常重要的
revitalize [riˈvaɪtl͵aɪz] (v.) 使恢復生氣、振興	與 vital 源自同一個字，「再次（re）注入生命（vit）」的意思。
commence [kəˈmɛns] (v.) 開始	美國高中大學的畢業典禮稱作 commencement，意為「新生活的開始」。「畢業致辭」則稱作 commencement address。 似 begin、start (v.) 開始
countless [ˈkaʊntləs] (a.) 無數的	無法數（count）的意思。曾在 Part 5-6 填空出現過。
devise [dɪˈvaɪz] (v.) 構思；設計	創造新方法或計畫的意思。 似 invent (v.) 發明；想出 例 invent a new system 發明新系統 關 invention (n.) 發明物。inventor (n.) 發明者

🎧086

861

e------- **a plan**

執行計畫

862

f------- **a good work environment**

促進良好的工作環境

863

i------- **a negotiation**

開始協商

864

i------- **into the cause of the problem**

洞悉問題原因

865

The advertisement was m-------.

那個廣告使人誤解。

866

as a p-------

作為預防措施

867

t------- **glass**

透明玻璃

868

The event c-------s **with my birthday.**

該活動跟我的生日同一天。

869

The project was clear and c-------.

那份報告清楚簡要。

870

a d------- **of engineers from Japan**

日本工程師代表團

execute [ˋɛksɪˌkjut] (v.) 執行	相似詞 implement「實行」、enforce「實施、使生效」也很重要。
foster [ˋfɔstɚ] (v.) 促進；養育	Part 5 的單字題考過。 ⑱ promote (v.) 促進
initiate [ɪˋnɪʃɪˌet] (v.) 開始	與同源字 initiative「主導權；新計畫」相同，有「率先開始」的含意。
insight [ˋɪnˌsaɪt] (n.) 洞悉；洞察力	「看見（sight）事物（in）本質」的意思。 ⑱ insightful (a.) 具深刻見解的 ⑲ an insightful article 深具洞見的文章
misleading [mɪsˋlidɪŋ] (a.) 誤導的	TOEIC 考題有時會出現出錯的廣告或新聞，發布者會因而刊登更正啟示或道歉文。
precaution [prɪˋkɔʃən] (n.) 預防措施	「事前（pre）注意（caution）」的意思。 ⑱ take precautions 採取預防措施
transparent [trænsˋpɛrənt] (a.) 透明的	曾出現在 Part 5 的單字題，Part 1 照片敘述也很常考，發音須熟記。
coincide [ˌkoɪnˋsaɪd] (v.) 同時發生	⑱ coincidence (n.) 巧合 ⑲ simultaneously (adv.) 同時
concise [kənˋsaɪs] (a.) 簡明扼要的	一般書籍或辭典的縮小版就稱 concise「袖珍版」。 ⑱ concisely (adv.) 簡潔地 ⑲ succinct (a.) 簡潔的
delegation [ˌdɛləˋgeʃən] (n.) 代表團；委任、分配（權限）	難度較高的單字，Part 5 單字題考過。 ⑱ delegate (n.) 代表人

🎧087

871

receive a medical d-------

接受醫療診斷

872

e------- **a new policy**

實施新政策

873

prove a h-------

證明假說

874

different from the p-------

與前一代（前任）不同

875

p------- **displayed in a magazine**

刊載在雜誌的醒目處

876

a------- **of a new method**

採用新方法

877

a------- **growth**

加速成長

878

a------- **to a procedure**

遵照流程

879

a------- **sufficient funds for a project**

分配足夠的資金給專案

880

an a------- **of a house**

房屋估價

diagnosis [ˌdaɪəgˈnosɪs] (n.) 診斷	衍 diagnose (v.) 診療 　　diagnostic (a.) 診斷的
enforce [ɪnˈfors] (v.) 執行、實行；強制實施	指施力（force）使對方遵守規則或法律。
hypothesis [haɪˈpɑθəsɪs] (n.) 假説	複數為 hypotheses。通過證明的假説會成為 theory「理論」。 似 assumption (n.) 假定、假設 　　premise (n.) 前提
predecessor [ˈprɛdɪˌsɛsɚ] (n.) 前任；前機種	指處在前面（precede）的人或事物。 反 successor (n.) 後繼者；後繼機種
prominently [ˈprɑmənəntlɪ] (adv.) 明顯地、醒目地	形容詞 prominent 意思是「突出的」，這句話有雜誌大篇幅報導的含意。 衍 prominent (a.) 著名的；重要的
adoption [əˈdɑpʃən] (n.) 採用	從選項中挑選（opt）的意思，動詞 adopt「採用」也考過。 例 adopt a plan 採用計畫
accelerate [əkˈsɛləˌret] (v.) 加速	汽車「油門」稱 accelerator。 衍 acceleration (n.) 加速
adhere [ədˈhɪr] (v.) 遵照（規則或法律）；黏附	曾出現在 Part 5 的單字題與 Part 7 的代換題型，是重要單字，原意是「附著、黏附」，不及物動詞，須與介系詞 to 連用。 關 adhesive (n.) 黏著劑
allocate [ˈæləˌket] (v.) 分配	衍 allocation (n.) 分配、配置
appraisal [əˈprezl̩] (n.) 估價、鑑定、評定	似 assessment (n.) 估價；評量 關 a performance appraisal 績效考核

881

c------- **a list of participants**

統整參加者名單

882

c------- <u>to</u> **international standards**

符合國際標準

883

due to time c------s

由於有時間限制

884

minimize d------s **at work**

將職場上會分心的事物降到最低

885

f------- **a discussion**

促進討論

886

The Internet is i------ <u>to</u> **our lives.**

網路在生活中不可或缺。

887

i------ **with colleagues**

與同事互動

888

My p------- **paid off.**

我的堅持不懈有了回報。

889

a sales q------

銷售配額

890

The parking lot was too c------.

停車場非常擁擠。

compile [kəmˋpaɪl] (v.) 彙整、編製	指將分散的資訊整理成書本或清單。 衍 compilation (n.) 匯編、編製；（書或光碟）合輯 例 compilation album 合輯
conform [kənˋfɔrm] (v.) 遵從、符合（規則）	與介系詞 to 連用。 衍 conformed (a.) 循規蹈矩的
constraint [kənˋstrent] (n.) 限制	關 budget constraints 預算限制
distraction [dɪˋstrækʃən] (n.) 分散注意的事物	衍 distract (v.) 使分心 似 disturbance (n.) 打擾 考試的「陷阱選項」就稱作 distractor。
facilitate [fəˋsɪləˌtet] (v.) 促進、使便利	會議中讓討論順利進行下去的人就稱作 facilitator 「主持人」。
integral [ˋɪntəgrəl] (a.) 不可或缺的	片語 be integral to X 等同 an integral part of X「對 X 而言不可或缺」，請熟記。 衍 integrate (v.) 統整、整合
interact [ˌɪntəˋækt] (v.) 互動	衍 interaction (n.) 互動 　　interactive (a.) 互動的 例 an interactive game 互動式遊戲
persistence [pəˋsɪstəns] (n.) 堅持不懈	衍 persistent (a.) 堅持不懈的、持續的 似 perseverance (n.) 不屈不撓
quota [ˋkwotə] (n.) 定額、配額	sales quota 指銷售人員的業績目標。與拼字相似的 quote「報價」易混淆，需留意。 關 a production quota 預計生產額
congested [kənˋdʒɛstɪd] (a.) 堵塞的、擁擠的	衍 congestion (n.) 擁擠、壅塞 例 traffic congestion 交通堵塞 似 crowded (a.) 擠滿人的

∩089

193

891

d------- **tax from payments**

從款項中扣除稅金

892

e------- **an idea**

欣然接受想法

893

s----- **materials**

合成材料

894

t------ **a contract**

終止合約

895

d------- **an error**

察覺錯誤

896

p------- **answer questions**

耐心回答問題

897

a male-female r------ **of 1:5**

男女比例 1 比 5

898

d------ **restrictions**

飲食限制

899

i------ **delay payments**

故意延遲付款

900

give a p------ **speech**

發表一場說服人心的演說

deduct [dɪˋdʌkt] (v.) 扣除、減去	衍 deduction (n.) 扣除（額）
embrace [ɪmˋbres] (v.) 欣然接受	TOEIC 不會考親熱場景，故本單字不會有當「擁抱」的用法。
synthetic [sɪnˋθɛtɪk] (a.) 人工合成的	指人工製成、非天然的（natural）材料。 似 artificial (a.) 人工的
terminate [ˋtɝməˏnet] (v.) 終止	terminate 指「永久終止」，而 suspend 則是「暫時停擺」的意思。
detect [dɪˋtɛkt] (v.) 察覺到、探測	Part 5 句子填空曾出現 undetected「無法察覺的」這個難度較高的形容詞，但只要拆解成 un（不）和 detected（可察覺），就可推測出意思。 關 smoke detector 煙霧探測器
patiently [ˋpeʃəntlɪ] (adv.) 耐心地	衍 patience (n.) 耐心 例 Thank you for your patience. 感謝您耐心等候。
ratio [ˋreʃ(ɪ)o] (n.) 比例	ratio of 1:5 的念法是 ratio of one to five。 似 proportion (n.) 比例
dietary [ˋdaɪəˏtɛrɪ] (a.) 飲食的	本例句常在 Part 7 作為「吃素」的另一種說法。 衍 diet (n.) 飲食；節食
intentionally [ɪnˋtɛnʃənəlɪ] (adv.) 故意地	指懷有意圖（intention）的樣子。 衍 intentional (a.) 故意的 似 deliberately、purposely (adv.) 故意地
persuasive [pɚˋswesɪv] (a.) 有說服力的	衍 persuade (v.) 說服 　　persuasively (adv.) 有說服力地 似 convincing (a.) 令人信服的

⌒090

Notes

Level 4

前進990分

衝刺
100單

901

the s------ years

接下來的幾年

902

a t------ written article

悉心撰寫的文章

903

an a------ version

刪減版

904

encourage employees to c------

鼓勵員工共乘

905

The software is c------ with your computer.

軟體和你的電腦相容。

906

This product is e------d by celebrities.

這個產品有名人背書。

907

without e------ permission

未經明確允許

908

k------ aware of the risks

深切意識到風險

909

a commemorative p------

紀念牌匾

910

d------ paint with water

用水稀釋顏料

subsequent [`sʌbsɪˌkwɛnt] (a.) 隨後的、接著的	短句也可寫成 the following years，一起熟記。 圙 subsequently (adv.) 後來
thoughtfully [`θɔtfəlɪ] (adv.) 深思熟慮地	圙 thoughtful (a.) 考慮周到的、體貼的
abridged [ə`brɪdʒd] (a.)（文章）節略的	圙 summarized (a.) 概括的
carpool [`karpʊl] (v.)/(n.) 共乘	TOEIC 常考員工共乘文章。 圙 share a ride 共乘
compatible [kəm`pætəbl] (a.) 合得來的；相容的	指兩樣東西或兩個人合得來或可共存，形容機器則指連接後能順利使用。 圙 compatibility (n.) 相容性
endorse [ɪn`dɔrs] (v.) 推薦、打廣告宣傳	打廣告推薦的意思。也有「表態支持（計畫或候選人）」與「在支票背面簽名」的意思。 圙 endorsement (n.) 推薦 圙 testimonial (n.) 推薦書、證明書
explicit [ɪk`splɪsɪt] (a.) 明確的	圙 explicitly (adv.) 明確地 圙 clear (a.) 清楚的 　　express、apparent、obvious (a.) 明白的
keenly [`kinlɪ] (adv.) 深切地；敏銳地	此單字偏難，常出現在 **Part 5** 的句子填空。請熟記片語 keenly aware of X「深切意識到 X」。 圙 keen (a.) 敏銳的 圙 keen observation 敏銳的觀察力
plaque [plæk] (n.) 牌匾	會出現在 **Part 7** 有關贈與退休者或得獎者的紀念牌匾閱讀文章。
dilute [daɪ`lut] (v.) 稀釋	曾出現在 **Part 5** 的單字題。

091

199

911

Members are e------- <u>from</u> the fee.

會員免繳費用。

912

flower c-----s

正中央的花卉擺飾

913

It's an o------- on our part.

這是我方的疏忽。

914

We are p------- to work with you.

能與您共事我們很榮幸。

915

prevent a problem from r------ring

防止問題再次發生

916

s------- about the possibility

對可能性抱持懷疑

917

s------- energy

永續能源

918

ancient Egyptian a-------s

古埃及手工藝品

919

k------ address

專題演說

920

The room offers a b------- view.

該房有令人屏息的景觀。

exempt [ɪɡˋzɛmpt] (a.) 免除的 (v.) 免除	與介系詞 **from** 連用，請記住。
centerpiece [ˋsɛntɚ͵pis] (n.) 正中央的裝飾品；最重要的部分	會出現 **Part 3, 4, 7** 的花店相關文章。雖有「最重要的東西」的意思，但多益最常考「放置於活動會場中央的花卉擺飾」。
oversight [ˋovɚ͵saɪt] (n.) 疏忽；監督	🔄 **omission** (n.) 疏忽、遺漏 　　**negligence** (n.) 過失；（涉及法規的）失職
privileged [ˋprɪvḷɪdʒd] (a.) 榮幸的	🔄 **privilege** (n.) 特權、特別待遇；榮幸
recur [rɪˋkɝ] (v.) 再次發生	🔄 **recurrence** (n.) 再次發生 🔗 **occur** (v.) 發生
skeptical [ˋskɛptɪkḷ] (a.) 懷疑的	對他人的話保有懷疑（**doubt**）的意思。
sustainable [səˋstenəbḷ] (a.) 永續的	「可延續且不會危害環境」的意思。**Part 3** 與 **Part 7** 就曾出現太陽能板（**solar panel**）的文章。
artifact [ˋɑrtɪ͵fækt] (n.)（有文化價值的）手工藝品	指手工製且具有歷史或文化價值的物品。如石器或陶器用具、裝飾品、武器等。
keynote [ˋki͵not] (a.) 基本的 (n.) 主題、主旨	**keynote address/speech** 指「專題演講」，「專題演講者」稱 **the keynote speaker**。
breathtaking [ˋbrɛθ͵tekɪŋ] (a.) 令人屏息的、驚為天人的	曾出現在 **Part 5** 的單字題。 🔄 **spectacular** (a.) 壯觀的 　　**stunning** (a.) 絕美的 　　**magnificent** (a.) 宏偉的

🎧092

921	**work in a** c-------
	在隔間工作

922	**a power** o-------
	電力供應中斷（停電）

923	p------- **food items**
	易腐壞食品

924	**an** a------- **reader**
	熱情的讀者

925	**take a** d-------
	繞路

926	e------- **a process**
	加快流程

927	**in the** v------- **of the station**
	車站附近

928	a------- **companies**
	附屬企業

929	**a** d------- **TOEIC vocabulary book**
	最終版的多益單字書

930	d------- **a building**
	拆除建築物

cubicle [ˈkjubɪkl̩] (n.) 隔間	多益中常用來指以隔板隔出的個別作業空間。 ⊞ workstation (n.) 工作站
outage [ˈaʊtɪdʒ] (n.) 電力（或其他服務）中斷期間	指「電力中斷（out）」的意思，本短句也可以說 a power failure。
perishable [ˈpɛrɪʃəbl̩] (a.) 易腐壞的	形容短時間內就會腐壞的食物。
avid [ˈævɪd] (a.) 熱情的	⊛ enthusiastic (a.) 熱情的、熱衷的
detour [ˈditʊr] (n.)/(v.) 繞路	短句也可以說 make a detour。意思近似的動詞 divert「使改道」也考過。 ⊞ Traffic is being diverted to Elm Street. 　車輛分流到榆樹街。
expedite [ˈɛkspɪˌdaɪt] (v.) 加快；促進	加速（speed up）的意思。
vicinity [vəˈsɪnətɪ] (n.) 附近	⊛ proximity (n.) 鄰近、臨近 ⊞ proximity to the beach 鄰近海灘
affiliated [əˈfɪliˌetɪd] (a.) 隸屬的、分支的	形容「職業上有緊密聯繫」、「小組織附屬在大組織下」的樣子。 ⊞ affiliate (v.) 使併入、使隸屬 　affiliation (n.) 從屬關係；聯繫
definitive [dɪˈfɪnətɪv] (a.) 決定性的、最終的	⊞ a definitive decision 最終決定 　definite (a.) 確定的、肯定的
demolish [dɪˈmɑlɪʃ] (v.) 拆除（建築物）	徹底破壞的意思。 ⊞ demolition (n.) 拆除 ⊛ tear down 拆除

🎧093

203

931

a f------ plan

可行的計畫

932

the i------ issue of a magazine

雜誌創刊號

933

pay in monthly i------s

按月分期付款

934

Gift cards are r------ for merchandise only.

禮物卡僅可兌換商品。

935

s------ the process

精簡流程

936

sound i------ between rooms

房間隔音

937

Everything arrives i------.

全數完好無損送達。

938

the o------ rate of hotels

飯店住房率

939

staff t------

員工離職率

940

u------ approval

全體通過

feasible [ˈfizəbl] (a.) 可行的	名詞 feasibility「可行性」也相當重要。 例 study the feasibility 研究可行性
inaugural [ɪˈnɔgjərəl] (a.) 最初的、首次舉辦的	「（一系列活動中）首次的」的意思。體育賽事的「開幕賽」稱作 the inaugural match。 囵 inauguration (n.) 開創；落成典禮 　　inagrate (v.) 開始、開展；舉行開幕式
installment [ɪnˈstɔlmənt] (n.) 分期付款	也有「系列作的其中一回」的意思。 例 the third installment of a column 連載專欄第三回
redeemable [rɪˈdiməbl] (a.) 可兌換（現金或商品）的	Part 5 單字題考過，此單字常是答題線索。 囵 redeem (v.) 兌換現金或商品
streamline [ˈstrimˌlaɪn] (v.) 精簡（作業流程）	指將效率差的流程（stream）彙整成一條線（line）。 囮 simplify (v.) 簡化
insulation [ˌɪnsəˈleʃən] (n.) 隔絕（聲音、熱、電等）	會出現在 Part 7 有關建築物構造說明的閱讀文章。 囵 insulate (v.) 隔熱、隔音、使絕緣
intact [ɪnˈtækt] (a.) 完好無缺的	會出現在 Part 7 的搬家送貨相關閱讀。
occupancy [ˈɑkjəpənsɪ] (n.) 入住、占用；（飯店）使用率	例 a single occupancy room 單人房
turnover [ˈtɜnˌovə] (n.) 更替率；營業額	此單字還有「成交量、營業額」的意思。 例 The supermarket has high turnovers. 　　該超市營業額很高。
unanimous [juˈnænəməs] (a.) 全體一致的、無異議的	句型 be unanimous in *doing*「全體通過…」也很重要。 例 They were unanimous in approving the plan. 　　他們的計畫獲得全體同意。 囵 unanimously (adv.) 全體一致地

🎧094

941

Road conditions will d------.

路面狀況將 惡化。

942

The table looks s------.

桌子看起來很 耐用。

943

a------ health effects

對健康的 負面 影響

944

the b------ of this coupon

這張優惠券的 持有人

945

rising for an u------ eight months

史無前例 連續攀升 8 個月

946

b------ gardens

植物 園

947

Salary will be c------ with experience.

薪資將 比照 工作經驗。

948

for the third c------ year

連續 三年

949

after long d------

深思熟慮 後

950

behave d------

謹慎 行事

deteriorate [dɪ`tɪrɪə.ret] (v.) 惡化、變差	例 **deterioration** (n.) 劣化 似 **degrade** (v.) 降級、貶低 　　**aggravate** (v.) 使態勢更嚴重、加劇 　　**ruin** (v.) 破壞
sturdy [`stɜdɪ] (a.) 堅固的、耐用的	拼字請勿與 **study**「研究」混淆。 似 **substantial** (a.) 牢固的 　　**durable**、**solid** (a.) 堅固耐用的
adverse [əd`vɜs ; `ædvɜs] (a.) 不利的、負面的	衍 **adversely** (adv.) 不利地、負面地 例 **adversely affect a business** 對生意有負面影響
bearer [`bɛrə] (n.)（支票或票券）持有人	也有「搬運工人」或「帶信人」的意思，但多益常考 當「（票券或正式文書）持有人」的意思。
unprecedented [ʌn`prɛsə.dɛntɪd] (a.) 前所未有的	由「un（not）與 precede（處在…之前）」組合而成 的單字，指「沒有前例的」。
botanical [bo`tænɪkl] (a.) 植物（學）的	關 **botany** (n.) 植物學 　　**botanist** (n.) 植物學家
commensurate [kə`mɛnʃərɪt] (a.) 相當的、相稱的	「會支付與應徵者工作經驗相符的薪資」的意思，會 出現在 **Part 7** 的徵才閱讀文章。
consecutive [kən`sɛkjutɪv] (a.) 連續不斷的	本短句可以用以下表達代換：**three consecutive years = three years in a row**。
deliberation [dɪ.lɪbə`reʃən] (n.) 深思熟慮	慎重考慮的意思。 衍 **deliberate** (v.) 慎重考慮；(a.) 故意的 　　**deliberately** (adv.) 故意地
discreetly [dɪ`skritlɪ] (adv.) 謹慎地	衍生詞也會考，請熟記。 衍 **discreet** (a.) 謹慎的 　　**discretion** (n.) 處理權、斟酌的自由 例 **at the discretion of the committee** 　　由委員會斟酌處理

🎧095

951

The position e------s a lot of travel.
該職位必須經常出差。

952

temperature f-----s
氣溫變化

953

one of the f------ law firms
一流的法律事務所之一

954

It is i------ that we <u>act</u> now.
我們現在必須馬上行動。

955

attend a m------ meeting
出席強制參加的會議

956

a m------ created artwork
細心創作的藝術品

957

a community o------ program
社區推廣計畫

958

during my two-year t------
我在職的兩年期間

959

a v----- person
多才多藝的人

960

a------ traffic congestion
疏解交通壅塞

entail [ɪnˋtel] (v.) 使必要;涉及	囫 require (v.) 需要、要求 　　involve (v.) 涉及
fluctuation [ˏflʌktʃʊˋeʃən] (n.) 波動、變動	囫 fluctuate (v.) 上下波動、起起伏伏
foremost [ˋforˏmost] (a.) 一流的、頂尖的	「排名最高的;最有名的」的意思。 圏 first and foremost 首先、首要的是
imperative [ɪmˋpɛrətɪv] (a.) 急迫的、極為重要的	這句話等於祈使句 Act now. 句型 it is imperative that〈子句〉「現在必須…」,that 子句的動詞需使 用原型動詞,表達祈求或命令口氣。
mandatory [ˋmændəˏtorɪ] (a.) 強制的、義務的	表示該會議「有參加的義務」,也就是須「強制參 加」,曾出現在聽力部分。 囫 mandate (v.) 要求、命令
meticulously [məˋtɪkjələslɪ] (adv.) 嚴謹地、一絲不苟地	指非常注重細節。此單字難度偏高,曾出現在 Part 5 的單字題。 囫 meticulous (a.) 嚴謹的、一絲不苟的
outreach [ˋautˏritʃ] (n.) 對外推廣(醫療或其他服務)	向弱勢族群伸出(reach out)援手的意思。 囫 charity (n.) 慈善事業或組織
tenure [ˋtɛnjʊr] (n.) 任職期間	指擔任某職位的期間。
versatile [ˋvɝsətl] (a.) 多才多藝的;萬用的	可用來形容身懷技藝的人,或是有多種用途的東西。
alleviate [əˋlivɪˏet] (v.) 緩和、減輕	近似詞 relieve「緩和、減輕」也一併熟記。兩個字原 意都是「使變輕」。

⌂096

961

an e------- employee

模範員工

962

a g------- dinner

晚宴

963

restore a m-------

修復壁畫

964

the p------- of a clothing shop

服飾店的經營者

965

a s------- market

停滯的市場

966

s------- quality standards

嚴苛的品管標準

967

t-------s from customers

顧客心得推薦

968

the t------- for the concert

演唱會的到場人數

969

We will w------- the shipping charge.

我們不會收取運費。

970

install a new f-------

裝設新的水龍頭

exemplary [ɪgˈzɛmplərɪ] (a.) 模範的	「展現良好範例（example）」的意思。 圍 **exemplify** (v.) 作為…的典範；舉例
gala [ˈgelə] (n.) 盛會、慶典	通常指包含很多表演節目的盛會，**Part 7** 的閱讀文章常出現。
mural [ˈmjʊrəl] (n.) 壁畫	有時是 **Part 4** 和 **Part 7** 的答題線索。
proprietor [prəˈpraɪətə] (n.) 經營者；所有者	圍 **owner** (n.) 所有者、物主
stagnant [ˈstægnənt] (a.) 停滯的	圜 **a stagnant economy** 停滯的經濟
stringent [ˈstrɪndʒənt] (a.) 嚴苛的	形容規則或法律相當嚴格的樣子。**Part 5** 的單字題考過。 圍 **stringently** (adv.) 嚴苛地 圍 **strict** (a.) 嚴格的
testimonial [ˌtɛstəˈmonɪəl] (n.) 推薦文、使用心得見證	**Part 7** 有時會出現「敬請到本公司官網瀏覽顧客意見」這類文章，並詢問「官網可看到什麼內容呢？」本單字就會成為這種題目的答題線索。
turnout [ˈtɜnˌaʊt] (n.) 到場人數	指「參與活動的總人數」或「投票總人數」。此單字為單數名詞，需使用單數動詞。
waive [wev] (v.) 放棄（權力）、取消	本例句指「不會收取本來該收取的運費」，也就是「免運費」。此用法會出現在 **Part 7** 回覆客訴的閱讀文章。
faucet [ˈfɔsɪt] (n.) 水龍頭	聽力部分也考過這個單字，請記住發音。 圍 **tap water** 自來水

097

971

make a------s to the contract

修正合約書

972

an a------ donor

匿名捐贈者

973

report potential f------

通報可能的詐欺

974

Tex was held l------ <u>for</u> the damage.

特克斯對該起損害有法律責任。

975

Be c------ of other people's feelings.

請考慮他人感受。

976

c------ two divisions into one

將兩個部門合併為一

977

a v------ campaign

積極的造勢活動

978

plan a company r------

規劃員工研習旅行

979

a c------ at a resort

渡假村管理員

980

f------ a relationship

建立關係

amendment [əˈmɛndmənt] (n.) 修訂、修正（法律等文件）	指修正合約書、法律或文件。動詞 amend「修正（法律等文件）」也相當重要。 囫 change (n.) 變更。modification (n.) 修正 adjustment (n.) 調整
anonymous [əˈnɑnəməs] (a.) 匿名的	會出現在 Part 7 的慈善活動捐款、公司內部匿名問卷調查等閱讀文章。
fraud [frɔd] (n.) 詐欺	TOEIC 雖然不會考犯罪事件，但會有呼籲大眾留意犯罪事件的公告。
liable [ˈlaɪəbl] (a.) 有法律責任的	熟記句型 be (held) liable for X「對 X 負有法律責任」。 囫 liability (n.)（法律上的）責任或義務 囫 obligated (a.) 有義務的
considerate [kənˈsɪdərɪt] (a.) 善解人意的、關心的	形容「考慮（consider）他人感受」的樣子，與considerable「可觀的、相當多的」的意思完全不同，請勿混淆。 ※ 名詞 consideration 請見多義詞 p. 245。
consolidate [kənˈsɑləˌdet] (v.) 合併	「使之一起（con）成為固定（solid）狀態」的意思。 囫 solidify (v.) 鞏固、穩固 囫 solidify a plan 鞏固計畫
vigorous [ˈvɪgərəs] (a.)（行動）積極的；精力充沛的	形容有活力（vigor）的樣子。 囫 vigorously (adv.) 活力旺盛地 囫 invigorate (v.) 使精力充沛
retreat [rɪˈtrit] (n.) 研習旅行	retreat 雖也有「撤退；隱退」的意思，但多益常指在職場外舉行的員工研習或會議。
custodian [kʌsˈtodɪən] (n.) 托管人、管理員	此單字偏難，Part 7 曾考過，指看管建築物的人，也有「監護人」的意思，但多益不考法律相關考題。 囫 janitor (n.) 清潔人員
forge [fordʒ] (v.) 建立	也有「偽造」的意思，但多益不考犯罪相關的考題。 囫 form/create a relationship 建立關係

⌕ 098

981

the i------- change in leadership

即將來臨的主管交接

982

i------- travel expenses

逐項列出差旅費

983

a l------- between management and employees

主管與員工間的聯絡人

984

The guest found the noise o-------.

房客對噪音很反感。

985

r------- a driveway

重新鋪設私人車道

986

address s-------s

應付缺點

987

a financially v------- option

財務上可行的選項

988

sports m------- such as balls and photos

像是球或照片等運動紀念品

989

d------- the budget

耗盡預算

990

The company is in j-------.

公司正處於危機之中。

impending [ɪm`pɛndɪŋ] (a.) 即將發生的、逼近的	特別用在發生不好的事情時。 例 **an impending danger** 逼近的危機
itemize [`aɪtəm͵aɪz] (v.) 逐項列出	指各別列出住宿費、餐費等項目（**item**）。
liaison [lɪ`ezɑn] (n.) 聯絡人	源自法語表「團結；結合」的單字。
objectionable [əb`dʒɛkʃənəbl] (a.) 令人反感的、討厭的	可以用來形容任何引起反感的人事物，如聲音、味道等。
repave [rɪ`pev] (v.) 重新鋪設	此單字會出現在禁止通行或禁止入內的公告中。 **driveway** 指的是民宅的私人車道。 關 **pavement** (n.) 鋪好的道路。**pave** (v.) 鋪設 似 **resurface** (v.) 重新鋪路
shortcoming [`ʃɔrt͵kʌmɪŋ] (n.) 缺點、短處	似 **downside** (n.) 不利因素 　**drawback** (n.) 缺點、不利因素 　**disadvantage** (n.) 缺點
viable [`vaɪəbl] (a.) 可行的	**Part 5** 的單字題曾考過。此短句的意思是「符合財務效益的做法」。 衍 **viability** (n.) 可行性 似 **feasible** (a.) 可行的
memorabilia [͵mɛmərə`bɪlɪə] (n.) 有紀念價值的物品	此單字是複數名詞，會出現在 **Part 7** 的古董店廣告或回顧展公告等閱讀文章。 關 **memorable** (a.) 難忘的
deplete [dɪ`plit] (v.) 耗費（資源或金錢）	**TOEIC** 曾考過剩下的預算必須在當年度用完，因此有些圖書館會添購書本的文章。
jeopardy [`dʒɛpədɪ] (n.) 危機、危險	衍 **jeopardize** (v.) 危及、使陷入危機 似 **danger** (n.) 危險

099

991

for a n------- **fee**
支付些許費用

992

d------- **from the original plan**
偏離原本的計畫

993

f------- **the deposit**
沒收訂金

994

b------- **sales**
強化銷售

995

achieve o------- **performance**
完成最棒的表演

996

a p------- **of groceries**
雜貨供應商

997

sell r------- **tickets**
販售抽獎券

998

poor v-------
通風不良

999

through your u------- **efforts**
透過各位堅持不懈的努力

1000

Your vocabulary has grown e-------.
你的單字量已經急速提升。

nominal [ˈnɑmənəl] (a.) 微不足道的	請留意，本短句不是指免費的意思。有時是 **Part 7** 的答題關鍵。
deviate [ˈdivɪˌet] (v.) 偏離	與原定計畫或期待背道而馳。 衍 **deviation** (n.) 偏差
forfeit [ˈfɔrfɪt] (v.) 喪失 (n.) 罰金；沒收物	此單字偏難，會出現在 **Part 5**，指因違反規定或法律而失去物品、金錢或權力。
bolster [ˈbolstə] (v.) 強化、提高、改善	支持某事物並加以強化、提升或延長。 似 **support** (v.) 支持 　**boost** (v.) 增強、推動 　**strengthen** (v.) 強化
optimal [ˈɑptəml] (a.) 最佳的；優化的	有「現有條件中最好的」的含意。 同 **optimum** (a.) 最佳的 衍 **optimize** (v.) 最佳化
purveyor [pəˈveə] (n.) 供應商、販售商	衍 **purvey** (v.) 供應（貨物）、提供（服務） 似 **supplier** (n.) 供應商 　**vendor** (n.) 業者 　**provider** (n.) 供應者
raffle [ˈræfl] (n.) 抽獎	主要指因公益目的舉辦的抽獎。 似 **drawing** (n.) 抽籤
ventilation [ˌvɛntɪˈleʃən] (n.) 換氣、通風	讓新鮮空氣進入房間的意思。曾是 **Part 3** 簡短對話的答題線索。 衍 **ventilate** (v.) 使通風 關 **vent** (n.) 通風口
unwavering [ʌnˈwevərɪŋ] (a.) 堅持不懈的	形容不會（**un**）像波浪（**wave**）一樣搖擺不定，也就是「想法或態度不會改變」。
exponentially [ˌɛkspoˈnɛnʃəlɪ] (adv.) 急速地；呈級數成長地	「像 3×3×3…般倍數增加」的意思。背完本書 **1000** 個單字的話，你的多益單字量就會如級數般（**exponentially**）提升！

∩100

聽力 Part 1

常考 100 單

∩ S01

1	**They're** facing **each other.** 他們面對面。	face [fes] (v.) 面對、面向
2	**A man is** wearing **headphones.** 男子戴著一副耳機。	wear [wɛr] (v.) 穿著
3	**A man is** pointing **at a screen.** 男子指著畫面。	point [pɔɪnt] (v.) 指著
4	**The** shelves **are full of books.** 架上擺滿了書。	shelf [ʃɛlf] (n.) 架子、層板
5	**A man is standing on a** ladder. 男子站在梯子上。	ladder [ˈlædɚ] (n.) 梯子
6	**A man is** trimming **some bushes.** 男子在修剪灌木叢。	trim [trɪm] (v.) 修剪（草皮或頭髮）
7	**A woman is** examining **a document.** 女子在檢查文件。	examine [ɪgˈzæmɪn] (v.) 檢查
8	**They're** greeting **each other.** 他們互打招呼。	greet [grit] (v.) 打招呼
9	**A man is** sweeping **the floor.** 男子在掃地。	sweep [swip] (v.)（用掃帚或刷子）清掃
10	**He's** adjusting **some equipment.** 他正在調整機器。	adjust [əˈdʒʌst] (v.) 調整

11	**Some people are** heading **toward a plane.** 一些人朝著飛機跑去。	**head** [hɛd] (v.) 朝向
12	**She's** handling **some luggage.** 她拿著行李。	**handle** [ˈhændl̩] (v.) 拿著；處理、應付
13	**A ladder is** leaning **against a building.** 一把梯子斜靠在建築物上。	**lean** [lin] (v.) 傾斜；倚靠
14	**A woman is paying a** cashier. 女子正付錢給收銀員。	**cashier** [kæˈʃɪr] (n.) 收銀員
15	**The floor is being** polished. 地板正在打磨。	**polish** [ˈpɑlɪʃ] (v.) 擦亮、磨光
16	**A man is holding a** lid **open.** 男子正在打開蓋子。	**lid** [lɪd] (n.) 蓋子
17	**A woman is sitting on a** stool. 女子坐在椅凳上。	**stool** [stul] (n.) 凳子（無靠背的椅子）
18	**They're walking on a** crosswalk. 他們走在斑馬線上。	**crosswalk** [ˈkrɑsˌwɔk] (n.) 斑馬線
19	**He's working beside a** brick **wall.** 他在磚牆旁工作。	**brick** [brɪk] (n.) 磚塊
20	**Some pictures are** hanging **on the wall.** 牆上掛著幾幅圖畫。	**hang** [hæŋ] (v.) 懸掛

21	**A man is** kneeling **on the floor.** 男子跪在地上。	kneel [nil] (v.) 跪
22	**A woman is** sewing **an item.** 女子在縫東西。	sew [so] (v.) 縫
23	**Ladders** are propped up against **the wall.** 梯子靠在牆邊。	be propped up against 被靠在
24	**A man is standing on a** walkway. 男子站在走道上。	walkway [ˈwɔkˌwe] (n.) 走道
25	**They're walking** side by side. 他們肩並肩走著。	side by side 肩並肩
26	**Some people are** applauding **the presenter.** 幾個人正在為講者鼓掌。	applaud [əˈplɔd] (v.) 鼓掌
27	**A woman is** watering **some plants.** 女子在替植物澆水。	water [ˈwɔtɚ] (v.) 澆水
28	**A woman is** fastening **an apron.** 女子正在紮好圍裙。	fasten [ˈfæsn] (v.) 紮牢；固定
29	**There are some boxes in the** hallway. 走廊有箱子。	hallway [ˈhɔlˌwe] (n.) 走廊
30	**The man is using a** microscope. 男子在用顯微鏡。	microscope [ˈmaɪkrəˌskop] (n.) 顯微鏡

31	**Some paintings are** mounted **on a wall.** 牆上嵌著幾幅畫。	mount [ˋmaunt] (v.) 安放；鑲嵌；固定
32	**A band is performing for the** audience**.** 樂團正對著聽眾演奏。	audience [ˋɔdɪəns] (n.) 聽眾、觀眾
33	**Some people are walking through a** plaza**.** 幾個人走過廣場。	plaza [ˋplæzə] (n.) 廣場
34	**A woman is wearing** gloves**.** 女子戴著手套。	glove [glʌv] (n.) 手套
35	**Printers have been** placed **against the wall.** 印表機放置在牆邊。	place [ples] (v.) 放置
36	**A woman is wearing** protective **clothing.** 女子穿著防護衣。	protective [prəˋtɛktɪv] (a.) 防護用的
37	**Some papers are** scattered **on a table.** 文件散亂在桌上。	scattered [ˋskætəd] (a.) 散落各處的
38	**People are gathered near an** artwork**.** 人們聚集到藝術品旁。	artwork [ˋɑrt.wɜk] (n.) 藝術品
39	**A ladder is** casting a shadow**.** 梯子投射出一道影子。	cast a shadow 投射出影子
40	**He's** paging through **reading material.** 他在翻閱書本。	page through 翻閱

41	**Cars are parked in a row.** 車子停成一列。	row [ro] (n.) 一列 (v.) 划（船）
42	**She's reaching into her bag.** 她把手伸進包包裡。	reach [ritʃ] (v.) 伸手
43	**Diners are seated inside.** 用餐者在屋內就座。	diner [ˈdaɪnɚ] (n.) 用餐者
44	**A woman is pouring some juice.** 女子正在倒果汁。	pour [por] (v.) 倒出（液體）
45	**They're loading some boxes onto the truck.** 他們把箱子裝載到卡車上。	load [lod] (v.) 裝載
46	**Passengers are boarding a train.** 乘客上電車。	board [bord] (v.) 乘上（交通工具）
47	**There are pots on the table.** 桌上有數個鍋子。	pot [pɑt] (n.) 深鍋；盆
48	**He's walking by a garbage can.** 他從垃圾桶旁走過去。	garbage can 垃圾桶
49	**Some dishes are stacked on a table.** 盤子疊在桌子上。	stack [stæk] (v.) 堆疊
50	**She's opening a drawer.** 她正打開抽屜。	drawer [ˈdrɔɚ] (n.) 抽屜

51	**He's playing an** instrument. 他正在演奏樂器。	instrument [ˈɪnstrəmənt] (n.) 樂器
52	**She's** removing **a book from her handbag.** 她從手提袋裡拿掉一本書。	remove [rɪˈmuv] (v.) 拿掉、移開;去除
53	**They're loading some** cargo **onto a ship.** 他們把貨物裝載到船上。	cargo [ˈkɑrgo] (n.)(大型裝載)貨物
54	**Some people are seated in an** auditorium. 幾個人坐在禮堂裡。	auditorium [ˌɔdəˈtorɪəm] (n.) 禮堂
55	**He's leaning on a** railing. 他靠在欄杆上。	railing [ˈrelɪŋ] (n.) 欄杆、扶手
56	Potted plants **have been arranged in rows.** 盆栽放成好幾列。	potted plant 盆栽
57	**A desk is** positioned **between chairs.** 書桌被排在椅子之間。	position [pəˈzɪʃən] (v.) 放置、安置
58	**People are** browsing **some items.** 人們瀏覽商品。	browse [braʊs] (v.) 逛、瀏覽
59	**Buildings are** reflected **in the water.** 建築物映照在水面上。	reflect [rɪˈflɛkt] (v.) 映照出;反映
60	**A map is** laid out **on the table.** 地圖攤開在桌上。	lay out 攤開;排列

61	They're talking near a doorway. 他們在門口附近說話。	doorway [ˋdorˏwe] (n.) 門口
62	She's wheeling a cart. 她推著推車。	wheel [whil] (v.) 推動（有輪子的東西）
63	Some steps lead to a building. 走幾階就到建築物。	lead to 通往（道路）；與…相連
64	They're sitting opposite each other. 他們面對面坐著。	sit opposite 面對面坐
65	There are some mountains in the distance. 遠處有山。	in the distance 在遠處
66	A man is mowing the lawn. 男子在修剪草坪。	mow [mo] (v.) 割草、修剪草坪
67	The vase is filled with flowers. 花瓶插滿了花。	vase [ves] (n.) 花瓶
68	A fountain is spraying water. 噴水池在噴水。	fountain [ˋfaʊntɪn] (n.) 噴泉
69	Some people are waiting at the intersection. 幾個人在十字路口等待。	intersection [ˏɪntɚˋsɛkʃən] (n.) 十字路口
70	There are some chairs on the platform. 臺上有幾張椅子。	platform [ˋplætˏfɔrm] (n.) 平臺；月臺

71	**Some boats are tied to the dock.** 幾艘船綁在碼頭邊。	dock [dɑk] (n.) 碼頭
72	**He's glancing at a magazine.** 他瞥了幾眼雜誌。	glance [ˋglæns] (v.) 瞥見
73	**There are some dishes in the cupboard.** 櫥櫃裡有幾個盤子。	cupboard [ˋkʌpbəd] (n.) 櫥櫃
74	**A woman is exiting a vehicle.** 女子正要下車。	exit [ˋɛksɪt ; ˋɛgzɪt] (v.) 離開
75	**Some people are sitting at their workstations.** 幾個人坐在自己的工作區。	workstation [ˋwɝk.steʃən] (n.)（有電腦的）工作站、工作區
76	**He is gazing out the window.** 他凝視窗外。	gaze [gez] (v.) 凝視
77	**A car is parked at a curb.** 車子停到路緣上。	curb [kɝb] (n.) 路緣（人行道的石製收邊）
78	**The roof of the house is slanted.** 房子的屋頂傾斜。	slanted [ˋslæntɪd] (a.) 傾斜的、歪的
79	**A man is climbing a staircase.** 男子在爬樓梯。	staircase [ˋstɛr.kes] (n.)（室內帶有扶手的）樓梯
80	**There are spectators in the stadium.** 體育場裡有觀眾。	spectator [spɛkˋtetə] (n.)（體育賽事的）觀眾

81	**A woman is standing in a courtyard.** 女子站在中庭。	courtyard [ˈkort.jɑrd] (n.) 中庭
82	**Some pottery is being displayed.** 幾件陶器正在展出。	pottery [ˈpɑtəri] (n.) 陶器
83	**Some cookware is arranged on the counter.** 一些廚具被排放在料理臺上。	cookware [ˈkʊk.wɛr] (n.) 廚房用品
84	**High-rise buildings overlook the water.** 從高樓可俯瞰水面。	overlook [ˌovəˈlʊk] (v.) 俯瞰
85	**A boat is sailing past a pier.** 船駛過棧橋。	pier [pɪr] (n.) 棧橋（由岸邊伸出去的走道）
86	**Some people are gathered near a lighthouse.** 幾個人聚集在燈塔附近。	lighthouse [ˈlaɪt.haʊs] (n.) 燈塔
87	**A man is drawing a portrait.** 男子在畫肖像畫。	portrait [ˈportret] (n.) 肖像畫
88	**The reception desk is unattended.** 服務臺沒有人。	unattended [ˌʌnəˈtɛndɪd] (a.) 無人看管的
89	**Some people are standing under an awning.** 幾個人站在遮雨棚下。	awning [ˈɔnɪŋ] (n.) 遮雨棚
90	**A patio overlooks a river.** 從露臺可眺望河川。	patio [ˈpɑtɪ.o] (n.)（有鋪磚的）露臺

91	**The chairs are** unoccupied**.** 椅子沒有人在用。	unoccupied [ˌʌnˋɑkjəpaɪd] (a.) 無人占用的
92	Pedestrians **are crossing the street.** 行人穿越道路。	pedestrian [pəˋdɛstrɪən] (n.) 行人
93	**Some** crates **are being transported.** 幾個木箱正在運送中。	crate [kret] (n.)（運送用的）木箱
94	**She's arranging** utensils **on a table.** 她將餐具擺放在桌上。	utensil [juˋtɛnsl] (n.) 家用或廚房器具
95	**Some people are** stationed **at a counter.** 櫃檯配置了幾個人。	station [ˋsteʃən] (v.) 配置 (n.) 車站
96	**Workers are cleaning the** window panes**.** 作業員在擦拭窗戶玻璃。	window pane 窗戶玻璃
97	**She's** strolling **along the shore.** 她在海邊遛達。	stroll [strol] (v.) 散步、遛達
98	**Some** lampposts **line the street.** 路燈佇立在街上。	lamppost [ˋlæmpˌpost] (n.) 路燈柱
99	**A man is pushing a** wheelbarrow**.** 男子推著一臺獨輪車。	wheelbarrow [ˋhwilˌbæro] (n.)（手推）獨輪車
100	**A** canopy **is shading some merchandise.** 遮棚擋住了一些商品。	canopy [ˋkænəpɪ] (n.) 遮棚

Notes

補充
2

多益必考

日常用品單字

S02

家電

☐ refrigerator	冰箱	☐ heater	暖氣機；電暖爐
☐ microwave oven	微波爐	☐ vacuum cleaner	吸塵器
☐ stove	瓦斯爐	☐ washing machine	洗衣機
☐ air conditioner	冷氣機		

日用品

☐ (light) bulb	燈泡	☐ scissors	剪刀
☐ bookcase	書架	☐ stationery	文具
☐ bookshelf		☐ plastic bag	塑膠袋
☐ (laundry) detergent	洗潔劑	☐ folding chair	折疊椅
☐ light fixture	燈具	☐ cardboard box	紙箱
☐ stapler	釘書機	☐ rug	地墊
☐ sunscreen	防曬乳	☐ drape	厚布簾
☐ envelope	信封	☐ scarf	圍巾、領巾、披巾
☐ scale	秤	☐ rechargeable battery	充電電池
☐ cupboard	櫥櫃	☐ briefcase	公事包

電腦相關

☐ laptop	筆記型電腦
☐ mobile phone	手機
☐ cell phone	
☐ photocopier	影印機
☐ copy machine	

其他

☐ revolving door	旋轉門
☐ freight elevator	貨用電梯
☐ treadmill	跑步機

多益必考

部門、職業相關單字

🎧 S03

部門篇

☐ board of directors	董事會
☐ accounting department	會計部
☐ marketing department	行銷部
☐ human resources department	人力資源部
☐ personnel department	人事部
☐ administrative department	管理部
☐ legal department	法務部
☐ sales department	營業部
☐ technology department	技術部
☐ security department	保全部
☐ purchasing department	採購部
☐ payroll department	工資部
☐ public relations department	公關部
☐ advertising department	宣傳部
☐ general affairs department	總務部

職業篇

技術類

☐ plumber	水管工人	☐ welder	焊接工人
☐ mechanic	機械工人	☐ electrician	電氣技師
☐ carpenter	木工	☐ civil engineer	土木工程師

醫療類

☐ dentist	牙醫	☐ pharmacist	藥劑師
☐ surgeon	外科醫師	☐ veterinarian, vet	獸醫

商店

☐ bakery	麵包店	☐ hardware store	五金行
☐ florist	花店	☐ printer	印刷業者
☐ cleaner's	洗衣店	☐ courier	宅配業者
☐ locksmith	鑰匙店	☐ real estate agency	不動產仲介
☐ moving company	搬家業者		

專家

☐ accountant	會計師	☐ chemist	化學家
☐ auditor	稽核員	☐ historian	歷史學家
☐ anthropologist	人類學家	☐ lawyer	律師
☐ biologist	生物學家	☐ attorney	
☐ botanist	植物學家	☐ professor	教授
☐ scientist	科學家	☐ paralegal	律師助理

媒體

☐ journalist	新聞記者	☐ editor	編輯
☐ announcer	播報員	☐ proofreader	校對員
☐ host	主持人	☐ novelist	小說家
☐ correspondent	特派記者	☐ librarian	圖書館員

旅遊相關

☐ flight attendant	空服員	☐ housekeeping	客房服務員
☐ travel agent	旅行業者	☐ conductor	列車長；指揮家
☐ tour guide	導遊	☐ operator	列車駕駛員
☐ concierge	飯店服務臺人員		

藝術類

☐ architect	建築師	☐ actor	演員
☐ photographer	攝影師	☐ actress	女演員
☐ choreographer	編舞家、舞蹈指導家	☐ curator	（博物館、圖書館等）館長

其他

☐ receptionist	接待員	☐ ambassador	大使
☐ secretary	祕書	☐ security guard	保全
☐ spokesperson	發言人	☐ cashier	收銀員

專業領域

☐ accounting	會計學	☐ journalism	新聞學
☐ architecture	建築學	☐ law	法學
☐ astronomy	天文學	☐ linguistics	語言學
☐ biology	生物學	☐ literature	文學
☐ chemistry	化學	☐ mathematics	數學
☐ ecology	生態學	☐ medicine	醫學
☐ economics	經濟學	☐ philosophy	哲學
☐ education	教育學	☐ physics	物理學
☐ engineering	工程學	☐ psychology	心理學
☐ fine arts	藝術學	☐ robotics	機器人學
☐ history	歷史學	☐ sociology	社會學

補充
4

多益必考

介系詞、連接詞與副詞

🎧 S04

🔍 介系詞

1	due to	由於
2	owing to	
3	despite	儘管
4	in spite of	
5	notwithstanding	
6	given	考慮到
7	in light of	
8	in the event of	如果
9	in addition to	除了還有
10	except for	除了以外
11	regardless of	不管、無論
12	instead of	代替

🔍 連接詞

1	whereas	然而
2	whether	是否
3	as soon as	一…就…
4	once	一旦
5	unless	除非
6	now that	既然（＝since）
7	so that	為了
8	in order that	

9	although	
10	though	儘管（強調現況或事實）
11	even though	
12	even if	即使（強調未來的可能情況）
13	provided that	倘若、條件是
14	as long as	只要
15	in case	假使、萬一
16	given that	考慮到、有鑑於
17	in the event that	如果
18	insofar as	在…限度（或範圍）內
19	inasmuch as	在…限度（或範圍）內；鑑於、因為

🔍 連接副詞

1	therefore	
2	consequently	因此、所以
3	thereby	
4	thus	
5	however	然而
6	nevertheless	儘管如此
7	moreover	此外、再者
8	furthermore	
9	meanwhile	同時

Notes

補充 5

新多益重點

常見的 88 個一字多義詞

S05

| 1 | **accommodate** | 提供住宿空間或設施。 |

(v.) 滿足（需求）

accommodate **a request** 滿足要求

(v.) 可容納

The hotel can accommodate **300 guests.**
飯店可以容納 300 名房客。

| 2 | **account** | 比起當動詞「說明」，多益更常考以下用法： |

(n.) 戶頭

open a bank account 開銀行戶頭

(v.) 占（比例）

account **for 50% of sales** 占業績 50%

| 3 | **address** | 除了當「地址」以外，還有其他意思，如「對…說話；演說」、「處理（問題）」，都有「朝向」的含意。 |

(v.) 處理、應付

address **a problem** 處理問題

(v.) 發表演說

address **the audience** 對聽眾說話

(v.) 朝向

address **questions to Tex** 向特克斯提問

(n.) 演說

an opening address 開場致詞

(v.) 寫上收件人資訊

a self-addressed **envelope** 回信用信封（寫有自己姓名的信封）

4　appearance　　指「顯現在外面的東西」。

(n.) 出現

Steve's last public appearance
史蒂夫的最後一次公開露面

(n.) 外表

a unique appearance　獨特的外貌

(n.) 演出

an appearance **in a film**　在電影裡演出

5　apply

(v.) 應徵

apply **for the position**　應徵職缺

(v.) 塗抹

apply **the cream to the skin**　在肌膚上塗抹乳霜

(v.) 適用

The rule applies **to all employees.**
該規定適用於全體員工。

6　appointment

(n.) 預約、約定

a doctor's appointment　預約看診

(n.) 委任、任命

the appointment **of a new CEO**　新總裁任命

7	article

(n.) 文章

a magazine article　雜誌上的文章

(n.) 物品

household articles　家庭用品

8	battery	除了當名詞「電池」以外，也有以下意思：

一連串的

a battery of **tests**　一連串的考試

9	board	當動詞「上（交通工具）」的用法在 Part 1 相當重要，請見 p. 223。

當動詞「上（交通工具）」的用法在 Part 1 相當重要，請見 p. 223。

(n.) 董事會

The board **of directors met yesterday.**
昨天有董事會集會。

(n.) 板子、牌子

information on a bulletin board　布告欄上的資訊

10	book	除了當名詞「書本」以外，還有以下意思：

(v.) 預約

book **a room**　預約一間房間

11 carry

(v.) 販賣

We don't carry that item. 本店無販賣該商品。

(v.) 提

A woman is carrying a briefcase. 女子提著公事包。

執行

carry out a task 執行任務

12 certain   除了當形容詞「確定的」，也有以下意思：

(a.) 某個、特定的

by a certain time 在某個時間點前

13 complete

(a.) 完成的

The work is nearly complete.
工作差不多要完成了。

(a.) 完整的

a complete range of services 各種完整服務

(v.) 完成

Tex finally completed the work. 特克斯終於完成工作了。

(v.) 填寫

complete a form 填寫表格

14 | consideration

(n.) 思考、考慮

under consideration　考慮中

(n.) 體貼、關心

Tex has no consideration **for others.**
特克斯對他人毫不關心。

15 | copy 　除了當「複製」的意思以外，也有以下用法：

(n.) 本（書、雜誌等）、部、張（CD等）

one free copy **of the book**　一本贈書

16 | cover

(v.) 報導

The local media covered **the event.**
當地媒體報導了該活動。

(v.) 覆蓋

Leaves are covering **the road.**　葉子覆蓋住道路。

(v.) 包含

The fee covers **lunch.**　費用包含午餐。

17 **critical**

(a.) 批評的

Most employees were critical of the plan.
多數員工批評那項計畫。

(a.) 非常重要的

the most critical factor 最關鍵的因素

18 **decline**

(v.) 謝絕

decline **to** respond 謝絕回應

(v.)/(n.) 下降

Our sales have declined. 我們的業績衰退。

19 **definition**

(n.) 定義

a dictionary definition 字典定義

(n.) 清晰度、解析度

high-definition monitor 高畫質顯示螢幕

20 deliver

(v.) 運送、遞送

deliver **a product**　運送產品

(v.) 進行（演說或講課）

deliver **a speech**　發表演說

21 demonstrate

(v.) 示範

demonstrate **how to use the system**
示範如何使用系統

(v.) 展現

demonstrate **excellent communication skills**
展現出色的溝通技巧

22 development

(n.) 開發

research and development　研究與開發

(n.)（事件）進展

recent developments **in the area**　該地區的最近進展

(n.) 住宅區

a new housing development　新建住宅區

(n.) 發展

opportunities for professional development
專業發展的機會

23 direction

(n.) 指路（須用複數）

directions **to the museum** 去博物館的路

(n.) 指導

under the direction **of Mr. Kato** 在加藤先生的指導下

(n.) 方向

in the same direction 在同一個方向

24 drawing

(n.) 抽獎、抽籤

a drawing **for prizes** 抽獎

(n.) 素描、描繪

a drawing **class** 素描課

25 due

(a.) 到期的

a due **date** 到期日、截止日

(prep.) 由於

due to **rain** 由於下雨

(a.) 應給的

Special thanks are due **to Mr. Kato.** 特別感謝加藤先生。

(n.) 會費（須用複數）

membership dues 會員費

(a.) 預定好的

We are due **to visit Tokyo tomorrow.** 我們預定明天前往東京。

26 edge

(n.) 邊緣

the edge of the water 水邊

(n.) 優勢

have an edge over others 比其他人更具優勢

27 express

(v.) 表達

express appreciation 表達感激

(a.) 快遞的、特快的

express delivery 快遞

(a.) 明確的、明白表示的

without express consent 沒有明確同意

28 extend　　　　　　原意為「向外（ex）伸長（tend）」。

(v.) 延長

extend a deadline 延長期限

(v.) 表示

extend an apology 表示歉意

(v.) 擴及

Our service extends to various areas.
本公司的服務擴及各領域。

(v.) 發送

extend an invitation 發邀請函

29	**fare**	
	(n.) 車資	
	bus fare　公車車資	
	(n.) 料理	
	traditional fare　傳統料理	

30	**fashion**	除了當名詞「時尚」以外，還有以下用法：
	(n.) 方式	
	in a timely fashion　用適時的方式	
	(a.) 過時的	
	old-fashioned **clothes**　過時的衣服	

31	**feature**	有「占據重要位置（include as an important part of）」之意，根據上下文有多種解釋，如「（雜誌中的重要部分，即）特輯」、「（商品的重要部分，即）特色」。
	(v.) 大幅特寫、主打	
	The item is featured **in the advertisement.** 該商品是廣告主打商品。	
	(v.) 以…為賣點	
	The exhibition features **paintings by Taro Okamoto.** 那場展覽主打岡本太郎的畫作。	
	(n.) 專文	
	a feature **article**　專文	
	(n.) 特色	
	the main feature **of the product**　該產品的主要特色	

32 field

(n.) 領域

in the field of art　在藝術領域

(n.) 田野

A man has stopped near a field.
男人在田野附近停下腳步。

(v.) 巧妙回答

field questions　巧妙回答問題

33 fine

除了當形容詞「美好的」外，也有以下用法：

(n.) 罰金

pay a $10 fine　繳納10美元的罰金

34 forward

期待

I look forward to hearing from you.
期待你的回覆。

(v.) 轉寄

forward an e-mail　轉寄電子郵件

(adv.) 向前

go forward with a plan　執行計畫

35 hold

(v.) 手拿

A woman is holding a book. 女子手拿著一本書。

(v.) 舉行

The event will be held next week.
活動會在下禮拜舉行。

(v.) 位居

hold the position of director 身居導演職位

(v.) 保留（商品）

hold an item for a customer 為顧客保留商品

(v.) 持有

Mr. Kato holds a teaching license.
加藤先生持有教師執照。

36 house

除了當名詞「房子」以外，也有以下意思。
注意發音：(n.) [haʊs] / (v.) [haʊz]

(v.) 提供住處或空間

The facility houses six laboratories.
那個機構有六間研究室。

37 input

(n.)/(v.) 輸入

the input data 輸入的資料

(n.)（有幫助的）資訊或意見

Thank you for your input. 感謝您的意見。

| 38 | **invite** | 當「邀請」以外，也有以下的意思： |

(v.) 請求

What are the listeners invited to do?
聽者被請求做什麼事呢？

| 39 | **issue** | 原意是「從裡面跑到外面」，可記其「取出」、「出現在外頭的事物」的意思。 |

(v.) 發表

issue **a comment** 發表評論

(v.) 開交通罰單

issue **a ticket** 開交通罰單

(n.) 問題

address an issue 處理問題

(n.)（期刊的）號、期

the August issue 8 月號

| 40 | **last** | 除了當「最後的」以外，還有其他意思： |

(a.) 最近的

the last ten years 最近 10 年

(v.) 持續

The meeting will last an hour.
那場會議將持續 1 小時。

(v.) 維持

A good coat will last ten years.
好的外套可穿 10 年。

41	**lead**	在 Part 1 常當動詞「通往」，是重要單字，請參閱 p. 225。

(a.) 主要的、首席的

the lead engineer　首席工程師

(v.) 引導

lead a discussion　引導討論

導致

The project will lead to more jobs.
那個專案將促成更多職缺。

42	**leave**	除了當「出發、離開」以外，還有其他意思：

(v.) 留下（信息）

leave a message　留言

(v.) 辭去

leave a job　辭去工作

(v.) 使維持…的狀態

Please leave the door open.　請讓門開著。

(n.) 休假

Mr. Kato is on leave.　加藤先生休假中。

43 manage

(v.) 處理

I can manage it alone. 我可以一個人處理。

(v.) 勉強做到

Tex managed to pay for the trip.
特克斯勉強付了旅費。

(v.) 經營管理

manage a store 經營店面

44 mark

(v.) 做記號

Look at the picture marked number 1.
請看標記一的圖片。

(v.) 紀念

Today marks our 10th anniversary.
今天是本公司十週年紀念日。

(n.) 目標

miss the mark 偏離目標

(n.) 痕跡、紀錄

Tex has made his mark.
特克斯留下足跡。（特克斯打出名號。）

45 match

(v.) 比得上

Few companies can match our quality service.
沒有幾家公司比得上本公司高品質的服務。

(v.) 使匹配、合乎

match the price 低價保證（指將價格調整到同業最低價）

46 meet 除了當「見面」以外，還有以下的意思：

(v.) 滿足

meet requirements 滿足必要條件

(v.) 趕上

meet the deadline 趕上期限

47 minute 除了當時間的「分」外，以下意思也很常見：

(n.) 會議紀錄（須用複數）

review the minutes 查看會議紀錄

48 object

(v.) 反對

object to a plan 反對計畫

(n.) 目的

the object of the research 調查的目的

(n.) 物品

a metal object 金屬物

49	**once**	除了當副詞「一次」以外，也有以下用法：

(conj.) 一…就…

Once Tex arrives, we will leave.
特克斯一抵達，我們就出發。

(adv.) 曾經

Tex once owned a car. 特克斯曾經有臺車。

50	**order**	除了當動詞「點餐」或「命令」以外，也有以下用法：

(n.) 順序

in descending order 以遞減順序

為了…

in order to begin 為了開始

51	**otherwise**	

(adv.) 除此之外

an otherwise impossible task
除此之外沒有其他方式可達成的任務

(adv.) 用別的方法

unless otherwise noted 除非有其他方式說明

(adv.) 否則、不然

Hurry up. Otherwise, you'll be late.
快點。不然要遲到囉。

52 outgoing

(a.) 外向的

an outgoing person　外向的人

(a.) 即將離職的

the outgoing president　即將卸任的社長

53 outstanding

(a.) 卓越的

outstanding service　卓越的服務

(a.) 未支付的

outstanding balance　未付餘額

54 party

除了當名詞「聚會、派對」以外，還有以下意思：

(n.) 一夥人、夥伴

book a table for a party of five　預約 5 人座

(n.) 當事人

the third party　第三方

55 plant

(n.) 植物

Some plants have been placed in pots.
部分植物已經移種在花盆裡。

(n.) 工廠

build a new plant 蓋新工廠

(v.) 種植

Some people are planting trees. 一些人正在種樹。

56 post

當名詞「柱子」以外，也有以下用法：

(n.) 郵遞（物）

post office 郵局

(v.) 公布、張貼

post changes on a bulletin board
公布異動資訊至布告欄

(v.)（在網路上）發布訊息

post comments on the Internet 在網路上張貼評論

(v.) 派駐

Tex was posted to Moscow. 特克斯被派駐到莫斯科。

57　practice

當「練習」以外，也有以下的用法：

(n.) 慣例、習俗

common business practice　一般的商業慣例

(v.)/(n.)（以醫師或律師等身分）執業

a doctor who practices **in Australia**　在澳洲執業的醫師

(v.) 實踐

practice **a unique method**　實行一項獨特的方法

58　present

當名詞「禮物」以外，還有以下用法：

(v.) 給予

present **an award**　頒發獎項

(v.) 出示

present **an ID card**　出示身分證明

(n.) 現在

from the past to the present　從過去到現在

(a.) 在場的

All members present **agreed.**　所有在場成員同意了。

(a.) 現在的

the present **address**　現居住址

59 produce

(v.) 生產

All our products are produced **locally.**
本公司的所有產品皆為在地生產。

(n.) 農產品

the produce **section of a supermarket**
超市的農產品販售區

60 professional 　　當形容詞「職業的」以外，也有以下的意思：

(a.) 專業的

professional **advice** 專業建議

(a.) 職場上的

professional **achievements** 工作上的成就

(a.) 稱職的

professional **behavior** 稱職的表現

61 project 　　除了當名詞「專案」以外，也可當動詞：

(v.) 預計

project **that sales will increase by 10%**
預計業績可成長 10％

(v.) 給予（印象）

project **a smart image** 給人聰明的印象

(v.) 投影

project **an image onto a wall** 把畫面投影到牆上

62	**promote**	promote 是「使晉升」的意思，要表示「某人晉升」，須使用被動式，請留意。

(v.) 使晉升

Tex was promoted **to general manager.** 特克斯升部長了。

(v.) 宣傳、推銷

promote **a project** 宣傳產品

63	**rate**	

(n.) 比率

at the rate **of 20%** 以每年 20% 的比率

(n.) 價格、費用

group rates 團體價

(v.) 評價

rate **a hotel** 評價飯店

64	**reach**	在 Part 1 常當作「伸手」的意思。記住此單字有「達到」含意，即可掌握各種解釋。

(v.) 聯絡

You can reach **me by e-mail.** 你可以用電子郵件聯絡我。

(v.) 傳達資訊

in order to reach **younger readers** 為了傳達資訊給年輕的讀者群

(v.) 達成

reach **a sales target** 達成業績目標

(v.) 爭取（難以入手的東西）

reach **a new market** 爭取新市場

(v.)（花很長時間或很多力氣）抵達

reach **Tokyo early in the morning** 一大早才抵達東京

65 recall

(v.) 想起

I can't recall his name. 我想不起他的名字。

(n.)/(v.) 召回產品

voluntary recall of products 自主回收產品

66 reception
指「接收、接納（receive）某物」。

(n.) 歡迎會

The reception will take place next week.
歡迎會將在下週舉辦。

(n.) 接待

Take a seat in the reception area.
在接待區坐一下。

(n.) 收訊

The reception is bad in this area.
這一帶的收訊很差。

67 replace
指「空出場所（place），放入新的人事物」。

(v.) 更換

replace the batteries 更換電池

(v.) 接任

Who's going to replace Tex? 誰會接特克斯的位子呢？

68 reservation　　　動詞 reserve 指「保留」或「預定」。

(n.) 預約

make reservations　預約

(n.) 存疑、保留態度

have reservations **about**　對⋯持保留態度

---

69 run　　　除了當動詞「跑」以外，也有「事情持續進行」的含意。

(v.) 經營

run **a company**　經營公司

(v.) 播出

run **an advertisement**　播出廣告

(v.) 刊登

Major newspapers ran **the story.**
各大報刊登了那件事。

(v.) 連續上演或上映

The play will run **for three days.**
那齣戲會連續演出三天。

---

70 sample　　　當名詞「樣品」以外，也有以下動詞用法：

(v.) 品嚐

sample **local food**　品嚐當地的食物

71 secure

(a.) 安全的

secure **access to the information**
安全的資訊獲取管道

(v.) 牢牢固定

A boat is secured **to the dock.** 小船被栓在碼頭。

(v.) 設法獲得、保住

secure **a contract** 保住合約

72 sensitive

(a.)（機器）高感光的；靈敏的

a highly sensitive **camera** 高感光度的相機

(a.)（事件）敏感的、須審慎處理的

sensitive **information** 須審慎處理的資訊

73 serve

(v.) 提供服務

to better serve **our customers**
為了提供給顧客更好的服務

(v.) 提供食物

A dessert is being served. 有提供甜點。

(v.) 盡職責

serve as **the president** 盡身為社長的職責

74 service 　　　當名詞「服務」以外，也有以下動詞用法：

(v.) 保養

The copy machine has been serviced.
影印機已經完成保養。

75 signature

(n.) 簽名

I need your signature on this form.
我需要你在這張表上簽名。

(a.) 有特色的

the chef's signature dish 主廚特色菜

76 solution

(n.) 解決辦法

find a solution 找尋解決辦法

(n.) 溶液

mix a solution 混合溶液

77 star 　　　當名詞指「星星」或「明星」，也有動詞用法：

(v.) 主演

Tex Kato stars in the film. 特克斯加藤在電影中擔綱主演。

| 78 | **statement** | 指透過言語或書面清楚表示。 |

(n.) 明細單

a monthly statement 月結單

(n.) 聲明

issue a statement 發表聲明

| 79 | **steep** |

(a.) 陡峭的

a steep **slope** 陡坡

(a.)（價格）高得離譜的

steep **prices** 高得離譜的價格

| 80 | **subject** |

(a.) 視⋯而定的

Prices are subject **to change.**
價格僅供參考，有可能變動。

(n.) 主題

an expert on the subject 該主題的專家

(n.) 目標、對象

subjects **of a study** 研究對象

81 suggest

(v.) 提議

suggest **a change** 提議一項變更

(v.) 暗示

What is suggested **about the hotel?**
它暗示了有關飯店的什麼事？

(v.) 顯示

the data suggests **that** 資料顯示

82 suspend

(v.) 暫時停止

suspend **production** 暫停生產

(v.) 懸掛

A bridge is suspended **above a stream.**
小溪上有一座橋。

83 table　除了當名詞「桌子」以外，也有以下意思：

(n.) 表格

a table **of contents** 目次

84 terms

從…方面來看

in terms of **price** 就價格來說

(n.) 條件、條款

the terms **and conditions of a contract**
合約條款與條件

(n.) 術語

technical terms 專業術語

85 view

除了當動詞「眺望」或名詞「景色」以外，還有以下意思：

(n.) 看法

What's your view **on the subject?**
你對這個主題有什麼看法？

86 weigh

(v.) 重達

parts weighing **more than 5 kg**
重量 5 公斤以上的零件

(v.) 秤量

weigh **a package** 秤行李重量

(v.) 權衡

weigh **the costs against the benefits** 權衡成本與獲益

87 withdraw

有「收回（draw back）」之意。

(v.) 召回產品

withdraw a product from the market
從市場召回產品

(v.) 提領（錢）

Tex withdrew 5,000 yen from the bank.
特克斯從銀行領了 5,000 日幣。

(v.) 撤回（支援等）

withdraw support for the company
撤回對該公司的支持

88 work

除了當名詞「工作」或「作業」，還有以下的
意思：

(n.) 作品

of all the works in the museum　博物館所有館藏

Notes

新多益重點

常見的 120 個慣用語

S06

1	a course of action	一連串的行動
2	a number of	幾個
3	a wealth of	豐富的、大量的
4	above all	最重要的是、尤其是
5	after all	終究；畢竟
6	ahead of schedule	比預定提前
7	along with	連同（= as well as）
8	among other things	除此之外，還有
9	as a whole	整體而言
10	as early as	儘早、最早
11	as far as	在…範圍內
12	as of	自…起
13	aside from	除…以外（= except for）
14	at all times	一直、總是
15	at least	至少
16	at the latest	最晚
17	at your earliest convenience	儘早
18	be credited with	歸功給…
19	be supposed to *do*	應該…
20	behind schedule	比預定時間晚
21	box office	售票處
22	bulk order	大宗訂購

23	by a wide margin	大幅地、差距很大地
24	by any chance	萬一
25	by means of	藉由、透過
26	Can you do me a favor?	可以幫我個忙嗎？
27	come up with	想出
28	cordially invite	誠摯邀請
29	deal with	處理
30	depend on	視…而定；依靠
31	drop off	減少、下降
32	Either is fine.	都可以。
33	field trip	戶外教學；實地考察
34	figure out	想出、弄清楚
35	fill out	填寫
36	for further information	詳情
37	for instance	例如
38	get in touch with	聯絡
39	has/have yet to *do*	尚未…
40	in a rush	匆忙地
41	in a timely manner	及時
42	in accordance with	根據（= according to）
43	in an effort to *do*	努力…
44	in charge of	負責

45	in fact	事實上
46	in for a treat	包你滿意、包你喜歡
47	in keeping with	符合
48	in person	親自
49	in short	簡而言之
50	in progress	進行中
51	in the long run	長遠來看
52	in the meantime	同時
53	in the process of	在…過程中
54	in time for	及時
55	in writing	以書面
56	instead of	代替
57	it has come to our attention that	我們注意到…
58	job fair	就業博覽會
59	keep in mind that	記住
60	keep up with	跟上
61	live up to	達到（期待、要求等）
62	look no further than	別再尋找…；…就是最好的
63	look to *do*	正想要…
64	lost and found	失物招領處
65	make room for	為…騰出空間
66	make sense	有道理

67	narrow down	縮小範圍
68	no later than	在…之前、不晚於…
69	no longer	不再…
70	not only A but B as well	不僅 A，連 B 也…
71	null and void	無法律效力的
72	on a budget	在預算內；預算有限
73	on a first-come, first-served basis	先搶先贏
74	on average	平均
75	on behalf of	代表
76	on one's way to	在去…的路上
77	on such short notice	倉促通知
78	on time	準時
79	open to the public	正式公開
80	out of order	故障的
81	out of paper	缺紙的
82	out of place	不恰當的、不合時宜的
83	out of print	絕版的
84	out of service	暫停服務的
85	out of shape	健康狀況不佳的
86	out of stock	缺貨的
87	out of town	出遠門
88	parking lot	停車場

89	pass up the opportunity	讓機會溜走
90	pay off	（努力）有所回報；付清款項
91	plenty of	許多的、充足的
92	press conference	記者會
93	press release	新聞稿
94	quite a few	相當多的
95	rather than	寧願
96	regardless of	不管
97	report to work	上班
98	right away	馬上、立刻
99	room and board	食宿費
100	round-trip ticket	來回票
101	run into	遭遇（麻煩）；偶遇（人）
102	set aside	擱在一旁、暫不處理
103	Should you have any questions	若有任何疑問
104	spare no expense	不惜血本
105	speak highly of	讚揚
106	stuck in traffic	塞車
107	take advantage of	利用
108	take effect	生效
109	take place	發生；舉辦
110	thanks to	多虧

111	To whom it may concern	敬啟者
112	trade fair	展銷會
113	until further notice	在另行通知以前
114	upon request	根據要求
115	wear and tear	（因長期使用）耗損
116	well in advance	儘早
117	when it comes to	說到、提及
118	with the exception of	除了…之外（= except for）
119	within walking distance	在步行距離內
120	work ethic	職業道德

Notes

 索引 Index

by any chance 274
by means of 274

C

cafeteria 051
calculate 091
calculation 091
calculator 091
Can you do me a favor? 274
candidate 023
canopy 228
capability 061, 147
capable 147
capacity 075
capture 135
cardboard box 231
cargo 159, 224
carpenter 233
carpool 199
carry 244
cashier 137, 220, 235
cast a shadow 222
cater 097
caterer 097
catering 097
cause 037
caution 153
cautious 153
cautiously 153
celebrate 065
celebrated 065, 101
celebration 065
celebrity 065
cell phone 231
centerpiece 201
CEO 027
certain 244
certificate 099, 167, 183
certification 167
certified 099, 167
certify 099, 167
challenge 145
challenging 145
chance 029, 137, 213
characteristic 123
charge 019
charity 209
checkout 137
chemist 234
chemistry 235
chiefly 037
choreographer 235
circulation 111
circumstance 129
cite 031
civil engineer 233
claim 055, 063
clarify 161
cleaner's 234
clear 161, 199
client 019
closely 085
cloth 021
clothes 021, 165
clothing 021
coincide 189
coincidence 189
collaborate 179
collaboration 079, 179
collaborative 179
collaboratively 179
colleague 105
combination 123
combine 123
combined 123
come up with 274
comfort 047
comfortable 047

commemorate 179
commemoration 179
commence 187
commencement 187
commend 077, 181
commendable 181
commendably 181
commendation 181
commensurate 207
commercial 041
commission 087
commitment 087
committed 087
committee 025
common 131, 141
commonly 127, 131
commute 159
commuter 159
comparable 087, 125
comparatively 081
compare 087
comparison 087
compartment 159
compatibility 199
compatible 199
compensate 173
compensation 173
compete 075
competent 147
competition 075
competitive 053, 075, 107
competitively 075, 107
competitor 075
compilation 193
compile 193
complain 061
complaint 061
complement 181
complete 244
completely 111
completion 111
complex 067, 081
compliance 161
compliant 161
complicated 081
compliment 077, 095
complimentary 095
comply 161
component 087
composed 087, 135
compost 179
comprehensive 157
compromise 185
concentrate 151
concentrated 151
concentration 151
concern 065
concerned 065
concerning 049, 061
concierge 234
concise 189
concisely 189
conclude 123
conclusion 123
conclusive 123
conduct 029
conductor 234
conference 013
confidence 065
confident 065
confidential 157
confidentiality 157
confirm 021
confirmation 021
conflict 123
conform 193
confusing 081
congested 193
congestion 193

connect 089
connecting flight 089
connection 089
connoisseur 037
consecutive 207
consent 149
consequence 147
consequently 115, 147, 238
conservation 121
conserve 121
consider 041
considerable 063, 113, 139, 139
considerate 041, 213
consideration 213, 245
consist 135
consistency 117
consistent 117
consistently 117
consolidate 213
constraint 193
construct 015
construction 015
consult 131
consultant 131
consultation 131
consume 105
consumer 019, 105
consumption 105
contain 073
container 073
contemporary 059
content 073
continual 185
continuous 185
contract 021
contractor 021, 157
contractual 021
contractually 021
contrary 129
contrast 091
contribute 107
contribution 043, 107
controversial 151
controversy 151
convention 013
conventional 051
conversation 121
convert 131, 137
convinced 065
convincing 195
cookware 045, 227
cooperate 079
cooperation 079, 179
cooperative 079
cooperatively 079
copy 245
copy machine 231
copyright 143, 185
cordially invite 274
corporate 029
corporation 029
correct 049, 075
correction 049
correctly 049
correspond 169
correspondence 169
correspondent 169, 234
corresponding 169
correspondingly 169
costly 131
council 045
countless 187
coupon 169
courier 234
courteous 165
courteously 165
courtesy 165
courtyard 227
cover 245

coverage 113
coworker 105
craftsman 165
craftspeople 165
cramped 159
crate 228
create 031
creation 031
creative 031
creatively 031
creativity 031
credentials 183
credit 145
crew 055
criteria 063
critic 115
critical 115, 143, 246
critically 115
criticize 115
crop 079
crosswalk 220
crowd 077
crowded 077, 193
crucial 143, 187
cubicle 203
cuisine 167
culinary 163
cupboard 226, 231
curator 235
curb 226
current 019
currently 019
custodian 213
customer 019
customizable 161
customized 161
cut back on 047
cutting-edge 167

D

daily 067, 131
dairy 117
danger 215
deadline 029
deal with 274
deal 021
dealer 125
dealership 125
dean 125
decade 065
decide 051
decline 246
decrease 019
dedicate 109
dedicated 109
dedication 109
deduct 195
deduction 195
deem 041
defect 103
defective 103
definite 203
definitely 089, 095
definition 246
definitive 203
degrade 207
degree 037
delay 053
delegate 189
delegation 189
delete 165
deliberate 207
deliberately 195, 207
deliberation 207
delighted 067
delightful 067
deliver 015, 247
delivery 015

索引 Index

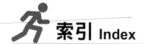

索引 Index

EZ TALK

New TOEIC 新制多益必考單詞 1000
（附 mp3 + QR code 雙音檔、遮色片）
TOEIC L & R TEST 出る単特急 金のフレーズ

作　　者：TEX 加藤
譯　　者：劉建池
企劃責編：鄭莉璇
校　　對：鄭莉璇
封面設計：管仕豪
內頁設計：管仕豪
內頁排版：張靜怡

發 行 人：洪祺祥
副總經理：洪偉傑
副總編輯：曹仲堯
法律顧問：建大法律事務所
財務顧問：高威會計事務所

出　　版：日月文化出版股份有限公司
製　　作：EZ 叢書館
地　　址：臺北市信義路三段 151 號 8 樓
電　　話：(02) 2708-5509
傳　　真：(02) 2708-6157
網　　址：www.heliopolis.com.tw
郵撥帳號：19716071 日月文化出版股份有限公司

總 經 銷：聯合發行股份有限公司
電　　話：(02) 2917-8022
傳　　真：(02) 2915-7212
印　　刷：中原造像股份有限公司
初　　版：2019 年 2 月
初版14刷：2024 年 7 月
定　　價：380 元
Ｉ Ｓ Ｂ Ｎ：978-986-248-790-7

New TOEIC 新制多益必考單詞 1000 / TEX
加藤著；劉建池譯 . -- 初版 . -- 臺北市：日月
文化，2019.02
288 面；16.7×23 公分 (EZ Talk)
譯自：TOEIC L & R TEST 出る単特急
　　　金のフレーズ
ISBN　978-986-248-790-7 (平裝附光碟片)

1. 多益測驗　2. 詞彙
805.1895　　　　　　　　　　　107023568